きれいな言葉より素直な叫び

新井見枝香

講談社

きれいな言葉より素直な叫び

新井見枝香

撮影　井筒千恵子
装丁　柏崎沙織

はじめに

新聞や雑誌の連載小説は、単行本化の際に大幅な改稿をすることがある。しっかりプロットを立てて書き始めても、計画通りにいかないこともあるのだろう。しかしこの連載は、エッセイとはいえ、ほぼリアルタイムで書いたものが『小説現代』に掲載された。何しろ踊り子としてデビューしてからは、ストリップ劇場の楽屋で、出番の合間に書くこともあったくらいだ。ステージを終えた直後にアドレナリン全開で書いた回と、長いオフで完全に鬱に入った回とのコントラストが強すぎて、我ながら心配になる。体裁を整えるなら、一から書き直すしかないが、他人の脳内には手が出せない。へえ、ここをこういう風に後から直したのか、と知られるほどかっこ悪いことはないだろう。思考はブレにブレまくり、勘違い、思い違い、ただの間違いのオンパレードだが、生きている人間なんて、そんなもの。起承転結があって、人生のいちばんいいところで物語が終わるようなエッセイに、いつも胡散臭《うさんくさ》さを感じていた。完璧なゴールなんて、何かの罠に違いない。今までの人生、しあわせの絶頂の後には、大抵どん底に叩き落とされてきたではないか。アル中を克服した自身の体験をコミックエッセイにした作家が、出版記念イベントの控え室で、酒を飲んで死にたくなっている。たとえそうだとしても、綴った言葉に嘘はない。その時その人は、確かにそうだった。今は違う。生きていればそんなの当たり前で、そこがまた、生きている人間のエッセイを読む醍醐味《だいごみ》なのだ。

という言い訳を読む前に刷り込んでおけば、出版後の私がどれほど様変わりしても、本を床に叩きつける人はいないはず。

enjoy strip!

第一話　二〇一九年五月二十二日

先日、名古屋でトークイベントがあり、空《あ》き時間に「ボンボン」という喫茶店へ足を運んだ。繁華街からは少し外れた場所にあるが、土曜の午後、席を待つ客の列は持ち帰り用のショーケースを塞ぐほどだった。地元の人に愛されているのだろう。

私の前には、幼児を連れた若い夫婦と、夫の母親という四人家族が並んでいた。まだ席についてもいないのに、持ち帰りのケーキを買おうとする姑《しゅうとめ》を、嫁が本気で迷惑がっている。「いいですいいです」と遠慮から始まり、「この前も食べきれなかったし」と遠回しな拒絶を挟み、それが効かないとなると、「そうやって無駄なお金を使うのは止めましょうよ」と諭《さと》し始めた。もちろん、可愛い孫に土産《みやげ》のケーキを持たせたくなったのだろうが、ただの迷惑行為になっている。しかしおばあちゃんは聞く耳を持たない。

現に孫はそれほど食いしんぼうではないようで、大きなシュークリームにも、なめらかプリンにも興味を示さなかった。夕飯を食べたあと、クリームたっぷりのロールケーキを食べたがるとは思えない。しかも行列の先頭にいて、ともすればすぐにでも席へ案内されそうなタイミングである。何をオーダーするのか、せめてそれを決めてからにしてくれ、と追《お》い縋《すが》る嫁の言葉を振り切り、おばあちゃんは「あたし買ってくる」と、売店レジへ行ってしまった。やれやれ、嫁、ため息。だから嫌なのよ、おばあちゃんとこういうとこに来るの。子どもは「もう帰りたい」とぐずり始めている。ママだって帰りたいさ。夫は横でスマホのゲームに夢中だし。

彼女が感じているであろう日々の苛立ちは、聞き耳を立てていた私にも簡単に想像ができ、勝手に共感すらした。

しかし私はひとり客。ひとり暮らしでひとり身で、おまけに血縁関係者とはもう何年も顔を合わせていない。それは全て自分で選んだことで、彼女の境遇とはかけ離れている。

実家の近くには「ボンボン」に雰囲気が似た「デン」という喫茶店があり、大きな食パンをくり抜いたグラタンパンが名物だった。家族でよく訪れていたのは、もう三十年以上も前だろう。そこで私は、あとでお腹が空《す》いても知らないよ、という母の忠告を無視し、ひとりだけモカソフトを頼んでは、あとでお腹が空いたと騒いでいた。あのおばあちゃんのようなふるまいは、私の得意とするところである。何が嫁に共感だ。むしろ「人の話を聞かない人」代表して謝ります。

タイミング悪く、空いたのが四人のボックス席で、申し訳なく座っていると向かいのボックス席に別の四人家族が案内された。まだまだ遊びたい盛りに見える若き父親は、三歳くらいの娘にせっせとプリンを食べさせている。特段愛しそうでも億劫《おっくう》がるでもなく、ただ当たり前に与えていた。

ひどい偏見だが、そのヤンキー風の喋り方やファッションから、彼が品行方正な人生を歩んできたとはとても想像ができない。それでも、その瞬間の彼は、絶対的に正しかった。中山可穂《なかやまかほ》の小説『ゼロ・アワー』で、人生を共にする猫のために、チーズオムレツを焼いてあげる孤独な殺し屋を思い出す。無情に人を殺すこととそれは、全く影響し合わない。

天井はキラキラと光る砂壁で、ガラスケースに入った日本人形が飾ってある「ボンボン」の店内は、普段着の家族客でいっぱいだ。この騒がしさは「喧噪」というタイトルのBGMか。誰もが書き割りのように自然に振る舞っていて、自分だけがそこに入れない悪夢のようだ。私には、猫もいない。

それは昔から抱いていた馴染《なじ》みの感覚である。もっと具体的に言えば、私が親に言えない秘密を抱えた頃からずっと、変わらずにある。

ここで言う秘密とは、行為としての数え切れない悪事そのものではなく、それらを自分のためではなく「親のために秘密にしている」という秘密である。それは絶望的に子供らしさを欠いた秘密であり、私の子供らしさは、一から百まで作られたものなのだ、という自覚を持っていた。

「子供」という役割で家族のようなことをしていても、その茶番を冷めた目で見ている自分がいる。

そんな人間が家族でホットプレートを囲んで肉や野菜を焼いている。そんな人間が「ただいま」と言えば、家族も笑顔で「おかえり」と迎えてくれる。抱えた秘密が、じわじわと私の正しさを蝕んでいった。

踊り子の相田樹音《あいだじゅね》さんと出会ったのは「シアターU」というストリップ劇場だ。小さなステージで、躊躇《ためら》うことなく四肢を伸ばし、竜巻のように回転していた。比喩ではなく、ドレスで起きた風が顔に当たって目を細めてしまう。

子供の頃から抱えてきた矛盾に、ようやくうっすらと埃《ほこり》が積もった頃だった。あの力強いターンは、それをきれいに吹き飛ばしてしまったのである。参ったな、もう腹を括るしかなかった。

彼女を追いかけ、足を踏み入れたストリップの世界は、馴染み深い昭和の香りがする反面、カルチャーショックの連続だった。

女性にも人気の高いストリッパーのMさんは、母親が舞台を観に来たことをSNSに書いていた。お腹や背中の彫り物が美しいKさんも、友達が劇場に来てくれたことを素直に喜んで、一緒に撮った写真を公開していた。彼女たちはなぜ、この仕事をしているんだろう。

大和《やまと》のストリップ劇場で、樹音さんの舞台がそろそろ始まる、という時のことだ。隣の席には、私の師匠である桜木紫乃《さくらぎしの》さんがいる。長編小説を書き上げた直後で、珍しく冗談以外のことにも饒舌だった。

「この世に生きづらくない人なんているのかねぇ」

そんなようなことを、いつもと変わらぬ北の訛《なま》りでぽつんとつぶやいたので、ギョッとする。まさに私が書き散らしてきたエッセイは、その「生きづらさ」が原動力になっている。しかし舞台を向いたままの師匠の横顔には、何の他意も読み取れなかった。

「ボンボン」でそれぞれの役割を演じていた人たちも、生きやすいですか？　と問えば、そんなことあるわけない、と笑うのかもしれない。

生きづらさを笑い飛ばすエッセイばかり書いてお茶を濁していたら、隣には心を裸にした女、ステージには文字通り、裸になった女。どうやら私を誘っている。

これは、私が本気でストリップするエッセイの、ほんの序章なのだった。

第二話　二〇一九年六月二十二日

ネット通販で購入した白いパソコンデスクは、板きれの山と一ダースのネジだった。五枚のイラストによる組み立て方が、送られてきた段ボールの側面に印刷されている。どれが底板で横板なのか、どうくっつけたらスマホの画面で見たアレになるのかがわからない。

段ボールをぐるぐる回して必死に考える。それらしい板をパズルのように組み合わせ、どうにか穴にネジをセットした。だが、頭のへこみにドライバーをあてがい、二回転したところから全く動かない。これは数百件付いたレビューをざっと読んで、「値段の割りにはしっかりしている」し、「女性でも簡単に組み立てられる」商品と判断して選んだ品だ。落ち着いて取り組もう。それでもダメなら不良品なのだ。

食いしばった歯と歯茎を剝き出しにして、ついでに白目も剝いて、こめかみの血管がぶち切れそうな勢いで力を入れると、耳奥がキーンとして涎がつーと垂れて、いつか観た上原亜衣《うえはらあい》のAVを思い出す。黒髪の正統派美女が、薬を打たれて泡を吹いていた。

どうしてこんなにかわいい子が、よりによってこんなに激しいAVに出演しているのだろう。私は確かに、それを観た時「どうして」と思ったのだ。自分は「どうして」すらも楽しむつもりだったのだろうか。クソ野郎。

ネジはさらに半周だけ動いた。不良品ではなく、私の力が不足しているだけだった。全身の体重をかけたり、勢いをつけたりと、力任せに格闘するうち、手のひらに水ぶくれができた。それが破れたとき、とうとう涙が出る。痛いのではない。情けなかったのだ。私はネジひとつ満足に回せない。そして、汚い。お前、嫌い。

途中まで埋め込まれたネジをスマホで撮って、「力がなくてネジが回らない」とSNSにUPした自分が鼻につく。不特定多数の人間に非力であることを知らせるなんて、生きものとして間違っている。弱き者へ抱く感情なんて、ろくなもんじゃないだろう。私は矛盾している。

強い人間が好きだが、どうしようもなく弱さに惹かれてしまう。上原亜衣は、ある意味ではとても強いと思うし、絶対的に弱いと感じる。エロいと思っているのに、気の毒だとも思っている。もう、わけがわからないよ。

その日私は、シアターUというストリップ劇場に入り浸っていた。都内の劇場の中でも小さくて古い。お客の年齢層も高い。

踊り子たちがフィナーレを終えたあと、ステージから伸びた花道の先、客席にせり出したお盆と呼ばれる部分に立ち、観客にビールやコーラを手売りするサービスがあった。

プルタブを上げて、一口飲んでから渡してくれたりもする。それにしたって割高だが、ストリップは映画と違って、一度入ってしまえば何時間でも居座ることができた。だから、せめて五百円でも多くお金を使ってあげたい。その売上が踊り子に丸ごと入るわけではないだろうが、なぜか客をそういう気持ちにさせるのだった。

踊り子が売る缶コーラを、私は常連のおじさんに奢ってもらった。彼は男性で、お客の中では若いほうだが、別に私を口説こうとしているわけではない。そうすることによって踊り子を応援し、あわよくば踊り子から「やっさし〜」なんて言ってもらえれば満足なのだ。だから私も、遠慮はしない。

ここでは、そうした場面で金を惜しむことも、出した金を引っ込めることもかっこ悪いことだ。私のような年若がしつこく拒むことはかえって相手に恥をかかせてしまう。そういうことは、みんな劇場で学んだ。この世界に長くいる人たちは、男も女もみな、紳士だった。

受け取ったコーラにはおまけが付いている。つづりで売られている、食べきりサイズのハッピーターンだ。次の回が始まるまで五分ほどあるから、その間につまみたい。しかし切り離されたパックは小さくて、縦に裂こうとしても、両側を引っ張ってもびくともしない。ネジが回らなくて、作りかけになったままのパソコンデスクが頭に浮かぶ。犬歯で引きちぎってやろうか。しかし気付けば、会場中のおじさんたちの視線が、壁際に座った私に集まっていた。

ハッとして剝きかけた犬歯をサッと仕舞うと、私は目の前のおじさんに甘えることにしたのである。子供っぽい仕草で袋を差し出し「開けて」と。そうやって見知らぬ大人に子供っぽく振る舞う自分が、子供の頃とそっくりだった。もはやハッピーターンのためではなく、相手へのサービスだとでも思っているような心持ちも、なにひとつ変わっていない。今の私が子供なのではなく、子供だった私が、ぞっとするほど大人だったのか。

お盆ごしにハッピーターンを受け取ったおじさんが、青筋を立ててがんばっている。しかし袋はいっこうに開かなかった。別のおじさんが貸そうとした手を払い、ムキになっている。女性から引き受けた手前、そのまま戻すわけにもいかないのだろう。男の人は大変だ。無邪気に頼んで悪かった。正確に言えば無邪気ではないけれど。

もう、いいです。そう言おうとした時、袖に控えていたトップバッターの踊り子が、衣装のまま飛び出てきた。何かと思えば、鋏《はさみ》を手に持っている。おじさんが恥をかかないように、私が困らないように、用意してくれたのだ。とっさの気遣いに場が和む。踊り子さんはやっぱりすごいなぁ、という空気。彼女たちに対しては、無理に男らしさを誇示する必要がないのである。

踊り子は、かっこいい振る舞いとはちぐはぐな衣装だったので、軽い笑いも起きた。手の届かない存在なのだが、親しみを感じることを許してくれている。だから安心して、甘えることができるのだろう。

なんてことを考えつつハッピーターンを食べていたら、指に魔法の粉がたっぷり付いていて、気付く。あれほど力を加えられた袋が、いきなりパーンと開いたらどうなるか。中身がぶちまけられ、最悪ステージが汚れてしまう。踊り終えた踊り子が、飛び散った自分の汗を拭うくらい、清潔が保たれている場所だ。ステージが魔法の粉だらけになれば、開演が押す。自分の後の踊り子の持ち時間が減ってしまう。だから、たとえ出オチになっても、衣装のまま出てくることを選んだのだ。「お客さんはみんな、子供みたいな顔をしてステージを観ている」とは、ある踊り子の言葉だ。ステージにかぶりつく私の無邪気は、本当の無邪気と言ってもいいのかもしれない。

鋏を貸してくれたHさんは、黒いボブカットの童顔で、踊り子の中では小柄なほうである。だがよくよく見れば、アスリートのような筋肉が背中に付き、白い肌はしっとりときめ細かい。幼さは演出されたものなのだとわかる。それが逆に、子供の中に存在する大人を想像させ、私にはより子供っぽく見えるのだ。もう何を言っているかわからないが、とにかくかわいらしい。

その回の演目は、特にそれが際立つもので、黄色い帽子に白いポロシャツ、デニム地に花のアップリケを縫い付けたフレアースカート、白いソックスに運動靴を履いて、赤いランドセルまで背負っていた。もちろんステージに立つ踊り子なので、しっかりアイラインを入れて頬紅まで塗っている。だが彼女は、小学生だった。

アニメのテーマ曲に合わせて運動会のような踊りをしながら、台詞《せりふ》なしのストーリーは展開していく。

道端で拾ったエロ本を、少女はランドセルにしまっていた。お家《うち》に帰って開いてみると、そこには見たこともない、けれどなぜか興奮を誘う、男女の絡みつく裸体。少女は見様見真似で胸を触り、性器に透明のディルドをあてがった。ストリップでは踊りの中でオナニーをしてみせることがあるが、あくまでも芸のひとつだ。師匠の言葉を借りれば、嘘を真に見せるのが踊り子の腕である。彼女の芸は、成功していた。

真剣に見入る一方で、頭をかすめたのは「子供がエロ本を見てしまうこと」に対する大人の嫌悪感だ。今年の八月末にはコンビニからエロ本がなくなる。『エトセトラ』という創刊されたばかりのフェミ雑誌は、まさに「コンビニからエロ本がなくなる日」が特集のテーマで、私はその刊行記念イベントに足を運んだばかりだった。だから、子供もいない私が、劇場でそんなことを思ったのである。ごく常識的な参加者の中で、私はここにいる誰とも理解し合えない気がした。会場の中で、害悪そのものであることがバレやしないかと、硬く身を縮こませていた。

あの名古屋の喫茶店「ボンボン」で味わったような、疎外感を超える、異物感。頭では彼らの主張を理解できるのに、決定的に違ってしまっている。

ストリップ劇場では、小学生がエロ本なんて見ちゃいかん！　などと怒る人はいなかった。足を上げた踊り子に、みんな揃って拍手をしていた。男性ばかりではあるが、娘を持つ父親だっていただろう。それでも嫌悪感を抱かないのは、Hさんが他所《よそ》の子だからではない。ストリップが嘘だからである。嘘を嘘だと理解できる大人しか、ここにはいない。踊り子と観客で協力して作り上げた、大嘘だ。

それならエロ本も同じではないのか。複数の男たちに羽交い締めにされても、泣きながらストッキングを破られても、それは嘘だし、嘘だと思って見ているからエロなのである。上原亜衣が出演する暴力的なAVだって、嘘でなければ、ちっとも面白くなどない。

面白い？　私は、かわいそうな目に遭う上原亜衣を見るのが面白いのだろうか。そういう仕事をしているかわいそうな上原亜衣（書くのも嫌だな！）に、愉快な気持ちになっているのだろうか。

そんなことはない。断じて、ない。

ここまで書き連ねてようやく、わかった。私はそこまでクソじゃねぇ。

そういう世界で生きる彼女たちに、どうしようもなく惹かれているのだ。

第三話　二〇一九年七月二十二日

またひとつ、ストリップ劇場が廃業した。初めて訪れたときから、座席のシートは豪快に破れ、スポンジが飛び出し、スプリングは剝き出しだった。「DX歌舞伎町」がなくなる数日前、私はその席に何時間も粘り、人間の尻というのは案外鈍感だな、などと思っていた。

その帰り道、さすがに鈍感な尻でも感知するほどに、勃起した性器を押しつけられていた。誰もが不快な満員電車の中で、彼は強い快感を覚えている。できれば私も気持ちよくなりたい。しかし彼の背後に回って、自分の性器をその尻に押しつけても、決して愉快な気分にはなれないのだろう。

ぎゅうぎゅうのバスの中で痴漢に触られている女性が、周囲の乗客に助けを求めると、助けるどころか全員に触りまくられ、運転手すらも車内のミラーで舐めるように彼女を視姦する、悪夢のようなAVを観たことがある。女性は嫌がることもなく、快感の海に溺れるという、コントのようなラストには興醒めだった。

嘘は嘘でも、一定のリアリティは必要だ。彼女は出演料をもらっているのである。その上で、心の準備もなく触られる恐怖と驚愕《きょうがく》、そして怒りを、本気で演じてほしかった。お前何言ってんだ?

現実の私は、肘《ひじ》を突っ張って、尻と性器を冷静に遠ざけ続けていた。エロがどうこうではなく、当たり前のように対価を支払わず、ただ一方的に興奮できるその図太さがキモかったのだ。触りたいと思うこと自体が問題なのではない。もっと本音を言えば、性的な意味で触りたいと思われることに対して、私は全く病的なまでに嫌悪感を感じない。断りもなく触っても許されると勘違いする人が、男でも女でも嫌いなだけだ。

中学から私立に通っていたため、クラスメイトはほぼ全員、電車やバスで通学していた。そのため、まだランドセルのなごりが消えない体を、痴漢に触られてしまう女子も珍しくなかった。しつこい奴に目を付けられて、遠回りの路線に変えた子もいた。他人の都合によって睡眠時間が削られ、運賃は割高になる。それだけじゃない。これから自分は、そういう世界で生きていくしかないのだと、あまりにも早い時期に知らされてしまう。この世界は残酷だった。そんな気はしていたのだけれど。

放課後に寄り道をした池袋で、確かに「ミカド劇場」という看板を目にしたことはあったが、まさか自分がお客としてそこに吸い込まれるなど、中学生の私には想像もつかなかったことである。

ステージの踊り子は、ボロボロの段ボールを、慣れた様子で運び込んだ。飾り付けなのか補強なのか、色紙をあちこちに貼り付けており、貧乏臭い小屋のようなものをステージ端に拵える。そこに片手鍋を持ち込むと、一気に生活感が生まれた。一体私は何を観に来たのだろう。

昭和の劇場の生司会みたいなアナウンスが流れると、Yさんが改めて登場した。屈託のない笑顔と柔らかい曲線を描く体は、憧れというより、懐かしさを感じさせる。始まってすぐ、彼女は「ひとりぼっちで段ボールハウスに住んでいる少し頭の弱い女の子」という設定であることがわかった。無邪気すぎる笑顔でくるくると踊り、雨が降ればシャワーのように頭を洗う。しかしこれは「アニー」みたいな、孤児が健気《けなげ》に両親を探すミュージカルではない。ここはブロードウェイではないのだから、ステージの彼女は、このあと足を開くことが確定しているのである。女ホームレスから想像する、最悪なストーリーに気が重くなる。

しかし彼女は鍋でおままごとをして遊び、紙風船と戯れ、縄跳びのグリップで性器を刺激する。それを恥ずかしいことだとは思っていないようだった。きっと、ずっとひとりぼっちだから。のぞき見ているこちらのほうが、よっぽど恥ずかしいような気さえしてくるのだった。それと同時に、この世界の悪意を知らず、常識に染まらない人が、性に目覚めることに不安を感じる。その意味を理解できずに、他者から性の対象にされたとき、彼女は拒むだろうか。それとも、もうひとりぼっちではない、と受け入れるだろうか。

この演目には、私の異常を解明するヒントがあるような気がする。ただ、何かが足りないのではなく、何かが過剰にあり、それがぐちゃぐちゃにねじれてぐりんと反転した結果が、このった。「何もかもどうでもいい」状態なのかもしれなかった。

中学生の頃も、大人になった今も、痴漢に遭ったことは誰にも言わなかった。それは、恥ずかしいとか、思い出したくないとか、そんなわかりやすい感情からではない。誰かの性の対象になるということに、ほんの少しでも価値を見いだしている自分を、きっと隠しきれやしないだろうからだ。お前、本当はあのバスに乗りたかったんじゃないのか？

「ＤＸ歌舞伎町」がなくなった翌日、私は何かを求めるように、もう別のストリップ劇場にいた。ベテランの踊り子が揃った、渋谷の「Ｄ劇場」だ。

足を上げた踊り子は、まっすぐにスポットライトを浴びて、拍手の中で目をしっかりと閉じていた。そうして、観ることを優しく許していた。表情には、後ろめたさも怯えも、悲しみも怒りもない。入場料をきっちり払い、絶対に触らないと約束したお客と踊り子の間にも、「エロ」は成立していた。踊り子にとっては仕事だが、観客が感じた「エロ」は確実に彼女たちを輝かせていた。私の「エロ」は、劇場に通えば通うほど肯定されていく。

私をあのバスに引きずり込もうとした痴漢という行為は、「エロ」ではなく暴力だ。

第四話　二〇一九年八月二十二日

私の背中はとても毛深く、病院で医師に相談したところ、男性ホルモンが多いのかも、ということだった。この背中には、女らしさの欠片もない。

女らしいという言葉を、無邪気に使ったり受け止めたりできるほど昔の人ではないが、どうも最近、悪い言葉とは思えない。滑らかな背中や、赤くツヤのある唇は、女らしくて素敵だと思う心を止められない。女らしさに対する私の屈託は、ストリップに通うほど、ステージに飛ぶリボンのように、軽やかに消え去っていく。

リボンはポーズを決めた踊り子の、女らしさを祝福する。リボンは踊り子に当たってはいけないし、ステージに残してもいけない。投げることを許された職人のような客だけが、ポーズのタイミングに合わせて投げ、踊り子に届く一瞬手前で、するりと回収する。届きそうで届かない。触れられそうで触れられない。

ステージの上と客席とを、そうやってくっきり分け、観客を思いのままに操るのが、踊り子の腕だ。ふっさりとした黒髪ロングに肌の白さが映える踊り子、Tさん。彼女がステージに立てばそこは教壇で、観客は全員「生徒」に区別される。

歩くたびにずり上がるタイトスカートに、エナメルのハイヒール。黒縁眼鏡に出席簿を抱え、ひとりひとりの生徒をねっとりと見つめては、伸ばした銀の指し棒を客席に向け、点呼。仕事中にもかかわらずエッチな気分が盛り上がった先生は、出席簿に顔を向けながら、ちらちらと生徒たちに上目遣いの視線を送る。

実際に目が合うと、カーッと体が熱くなるのだ。やがて先生は床で体をくねらせ、自らパンストを引き破る。指を入れた穴からは、尻や腿《もも》に向かってゆっくり伝線が這い、その生命のような動きを生徒に見せつけるのだ。腰を高く上げたり、突き出したりすればもう、大変なエロさである。パンストの残骸が残る足を客に突きつけ、脱がせる様《さま》に喉が鳴る。彼女に強烈な女らしさを感じていた。

女らしさは誰《た》が為にあるのか。先生が我を取り戻し、身だしなみを整えた上で、指し棒を肩に担ぐ。その「GTO」的決めポーズをとるまでがステージだった。会場が子供みたいに興奮している。

その日、かぶりの席には大柄の外国人男性がひとり座っていた。一切拍手もしなければ、楽しそうな表情を見せることもない。ふらりと入ってその場所を確保するのは難しいから、一見《いちげん》の観光客でもなさそうだ。言葉を理解するかもわからない男に、周囲の観客も距離を置いていた。

しかし先生は、どんな生徒にも分け隔てなく接する。膝を折り、微動だにしない彼と視線を合わせ、生徒のひとりとしてカウントしていた。何を考えているのかわからない怖そうな男の前など、見えないふりで通り過ぎることだってできたはずだが、そうしないところに彼女のフェアネスが窺えた。

ステージが終わったあとのオープンショーで、その男性は初めて動きを見せる。見様見真似で札を細長く折り、踊り子にチップとして渡したのだ。彼女は右の口角だけを上げてそれを受け取り、頭を深々と下げた。

ほんの一昔前は、ストリップ劇場に女性客が入り込めば、嫌な顔をする男性客もいたという。わからなくもない。おじさんが女性の下着売り場に迷い込んできたら、一体何が目的なのかと警戒されて当然だ。それの逆バージョンみたいな、得体の知れない異物感だったのだろう。

私がストリップに行き始めたのはもう平成の終わりで、女性客が少しずつ増えている頃だ。劇場側も常連客も、基本的には歓迎モードであった。それは連れ歩いてくれた師匠が、丁寧に人間関係を作ってきたおかげもあるだろう。ストリップを作品に書くことで、古い常連客からも信頼を得ていた。

だが、踊り子はどうだろう。客席に同性が混ざり込んでいたら、やりづらいのではないか。師匠に誘われて、初めて小屋に潜入したとき、私はそれがいちばん心配だった。女性には、男性にしか見せない顔がある。扇情的な顔で腰をくねらせる姿は、男性が喜ぶからできるのであって、同性に見せたいものではないだろう。

しかし、踊り子はみな、懐が深かった。会場中が固唾《かたず》を呑む見事な演技の後、再びオープンショーでステージに現れた踊り子が「女の子だー！」と手を振っている。私はここにいても、いいらしい。師匠に促され、及び腰でポラの列に並べば、汗だくの体でぎゅうと抱きつかれる。女性客など、来て欲しくないのでは？　そんな疑心は、踊り子の体から伝わる体温で吹き飛ばされてしまったのである。

たいていの劇場は、女性のほうが入場料金が安い。なぜだろう。男性の付き添いで来ているわけではない。ひとりで足を運び、ともすればやさしい男性客に席を譲ってもらって、かぶりで観ることだってある。私が女性だからといって、スケベ心がないとでも思っているのか。しかし受付の人が三千五百円でいいと言うのに、自分本当はおじさんなんで五千円払います、と言い出したら、面倒なことになるだろう。差額分はありがたく、ポラで使いきるようにしている。

後ろめたい気持ちは三枚の写真に換えて、得した気持ちだけを持ち帰るのだ。ポラを撮れば、踊り子はすごく喜んでくれるし、女性だからと、特別におっぱいを触らせてくれたりもする。どこもかしこも恥じらうようなピンク色で、柔らかいレースを纏《まと》えば、羽根を生やした天使と見紛う踊り子のNさんに、剝き出しの股間で頭の上に乗っかられたときほど、女で得をしたと思ったことはない。ポラの順番を待つNさんファンたちの、アーッという顔よ。劇場は平和だ。お前は何者だ。

百貨店の中にある書店で働いていたときのことだ。バックヤードに着ぐるみのクマがいた。写真を撮るタイミングを見計っていると、スタッフにジッパーを下ろしてもらい、トランクス一丁のおじさんがホカホカになって出てきたのだが、つまり私はああいう状態なのだった。そりゃ背中の毛も生えている。

先日迎えた三十九回目の誕生日、私はストリップ仲間と温泉旅行に出掛けていた。長距離の運転はもちろん、荷物を運び込むのも男性陣の仕事で、気にしないで寝ててもいいよ、クーラーは寒くないか、と女性陣は完全にお姫様扱いであった。あくまでも私の知っている限りだが、ストリップ界隈の男性は、不器用だが根は優しく、紳士的であろうと努力している。そんな仲間との旅が、よほど沁みたのだろう。

連載四回目にして、心境とともに作風まで変わっている。今までどれだけ鬱々としていたのか。しかし鬱が私の通常運転であるので、放っておけばじきに戻るだろう。

男湯と女湯。男らしさと女らしさ。わかりやすく区別するための性別は、その人間が生きるにあたって不利に働くこともあるが、その逆もある。私はそれを、なかったことにしたくなかった。こんなに受け取って持ちきれないほどなのだ。不当に扱われ、排除されたことは声高《こわだか》に言うのに、優先され、気遣われたことをなかったことにするなんて変だ。私は女性なのでいい思いをしたこともありました、と大声で言わないと、フェアではないような気がする。

少なくとも私の人生は、女性として扱われて、おおむねしあわせだった。たとえスケベ心からだとしても、私は良くしてもらえたことを嘘だとは思わない。私にだってスケベ心はあるからだ。良心とそれを、きっぱり区別することは難しい。

今の私の力量では、誤解を生むかもしれないことを書いた。書けないことを書いておきたかった。私の心がめずらしく柔らかいうちに。

先の旅行では、男性が男性にも、女性が女性にも優しかった。

あまりにも私らしくないことを言うが、人は優しくされると、たとえ一時でも、優しくなることができる。それは、優しくされるよりうれしいことだ。私のように鍋底に大穴が開いているような人間でも、あれほどすごい勢いで流し込まれれば、一瞬鍋肌が潤うのである。だから書いた。乾いてしまうその前に。

第五話　二〇一九年九月二十二日

セーラー服、スクール水着、エンジ色のブルマに白いゴムの上履き。大人になった私は様々なコスプレをする機会に恵まれた。自分を他者のように感じると気が楽で、性に合っているのだろう。

膝下まである木綿のシャツワンピースは、ボタンを一番上まできっちりと留め、ポケットにペンを差したエプロンをつければ、いかにも本好きの書店員だ。本物のニセモノ。日比谷コテージでは、手っ取り早く形から入って、気分を盛り上げている。

先日、ストリップ劇場の受付で「お疲れ様」と声を掛けられた。恐れ多くも、踊り子に間違えられたのだ。確かに書店員のコスプレはしていないし、金髪の前下がりボブという髪型は、ボーイッシュを売りにした踊り子に見えなくもない。好きでしている髪型だと思ったが、これも無意識のコスプレなのだろうか。

かんかん照りの正午前、初めて降りた駅から日陰のない道を進むと、雑居ビルに目当ての看板を見つけた。女性客が増えたとはいえ、まだまだ入りにくいストリップ劇場はある。従業員が私を踊り子と間違えたのは、よほど女性客が珍しいせいもあるのだろう。

細い階段を汗だくで上がり、素っ気ないドアを押し開けようとすると、重さによろめく。本当に、ここで合っているのか。中に入ると、狭い空間にみっちりと収まった男性たちが、一斉に私を見た。これはまだ想定内である。だがステージから伸びた花道の幅には、目を丸くした。これではちょっと太めの平均台ではないか。

両脇に設置された長椅子に腰を下ろせば、街角の占い師に手相を見せる距離で、向こう側の客と顔を合わせることになる。さすがの私も、目のやり場に困ってしまった。奥で立ち見をしたほうがいいかもしれない。だが立ち上がる間もなく、会場は暗転した。

その日一回目のステージが始まる。浴衣《ゆかた》姿の踊り子による、うちわを使った舞だ。常連客が多いせいか、踊りながら軽口を飛ばし合い、町内の盆踊りみたいな雰囲気である。すると、あるタイミングで二人の客が踊り子に選ばれ、じゃんけんを始めた。勝った男は拳を高く突き上げ、負けた男は床にくずおれる。

何事か。選ばれし客が靴を脱いで上がると、恋人のように抱きついた踊り子からピンクローターを渡された。ウェットティッシュで手を拭いた客が、その場で踊り子を愛撫し始める。

衣装にさえ触れてはならないはずのストリップで「好きな踊り子とのラブシーンを舞台の上で演じる権利」を勝ち取ったのだ。それを間近で見守るファンは、一体どんな気持ちでいるのか。私にはそれがどのような楽しさなのか、想像ができない。

確実にわかるのは、これが男女逆ならばショーどころではない、ということだけだ。最悪、血を見ることになるだろう。

そもそも推しの男性ストリッパーに触るとか触られるとかいう権利を得たとしても、ショーになどされたくはない。ここに男性と女性の決定的な違いを見た気がした。どれだけストリップに通っても、男性客と同じにはなれない。

かつてストリップには、生板ショーと呼ばれる行為があったと聞く。踊り子が指名した観客をステージに上げ、本番行為に及び、それを他の観客がショーとして楽しむのだ。もちろん違法である。今ではもうありえないし、それの是非を部外者の立場で論じる気もない。

ただ、もしそれが今も続いていたなら、女性客がこれほど増えることはなかっただろう。

その日の経験は、私の古い記憶に紐付いた。同じベッドの上で友人と男性がセックスを始めてしまい、その横で寝たふりをする、という場面だ。具体的なシチュエーションは省くが、そのとき私は、選ばれない自分というものを冷静に認識した。「選ばれない自分」という活字がはっきり見えたほどである。

同じものが同じように付いているのに、顔の作りや体型、服装や話し方など、何らかの理由で私は選ばれない。悔しいとか惨めだとかいうより前に、これはすごいことだな、と目が冴えて仕方がなかった。人類平等みんな仲良くなんてよく言える。

その男性のことが好きだったわけではない。もし恋をしていたとしても、のしかかってきた時点で冷めるだろう。そして、選ばれた友人が断らずに受け入れたことを軽蔑しているわけでもない。私の興味は「選ばれない」ということ、ただ一点のみに集中していた。男性が女性を選び、女性が受け入れる。一昔前の日本では、その構図がもっと強固だったはずだ。生板ショーはそれが逆だからこそ、男性にとってファンタジーなのかもしれなかった。

しかし私は、人間が人間を選ぶという行為に対する感情の落としどころを、まだ見つけられていない。自分自身が選ばれたり選ばれなかったりすることで、あっけなく見失ってしまうからだ。

猛暑が続く中、今度は昼間からKロック座へ向かった。踊り子の出番は一日に四回ずつあるが、今日のKさんは全て違う演目を踊るという。そのうち三つが連作だと聞けば、観ないわけにはいかない。演目のテーマは「反戦」で、その日は終戦記念日だった。

ひとりの女性が、愛する人を戦地へ見送り、そのまま戻らないことを嘆き、寂しさで酒に溺れてしまう。荒《すさ》んだ心で体を売ることもあった。戦争が終わったところで、もう生きる意味を見出せない。そんな時、ストリップという仕事を知り、ステージで輝く人生を見つける。そしてようやく、彼女にも本当の終戦が訪れるのだ。

その物語を、三回の舞台で完結させる。時には踊り子自らが兵隊になった男性を演じ、戦地で綴った手紙は、次の回で演じる恋人が受け取る。衣装は下着までこだわり、時代を感じる大きなパンツを自ら下げて、もう会えない恋人を思って自慰するシーンもあった。

そしてもっとも彼女の凄味を感じたのは、踊り子となった女性が、煌《きら》びやかな衣装を身に纏い、ストリップしていることを、ストリップで演じたときだ。現実としては、踊り子がいつものように舞台で踊っているだけである。しかしそれは、ここではないどこかで別の踊り子が踊っているのを、Kロック座によみがえらせるような踊りだった。

彼女は何故、「反戦歌」を踊ったのか。

あの小さな劇場では、客とのベッドシーンを終えた踊り子が、観客ひとりひとりにおっぱいを触らせて歩いた。私の前は素通りするだろうと思ったが、同じように笑って胸を開く。恥ずかしいと断る私を、踊り子は羽織った浴衣ですっぽりと包み隠し、耳打ちした。

「お金を払って入ったらみんなお客だ。男も女も関係ない。嫌じゃなければ揉んでみて」私は差し出されたおっぱいを気が済むまで揉み、不思議な幸福感に包まれたのだった。エロい気持ちにはならない自分の性が、それでもよろこびを感じている。

ストリップで観客が感じる「エロい」とは「楽しい」に限りなく近く、相手にそれを感じてもらえれば「うれしい」という、踊り子のシンプルな気持ちで成り立っているのかもしれない。表現であり仕事でもあるが、そこには必ず、楽しんでもらいたいという思いやりが感じられた。

彼女は何故、おっぱいを触らせたのか。

私がひとりでストリップに通い、楽しく過ごしていることを人づてに聞いた師匠は、とても喜んでいたそうだ。自分が楽しく感じている、というどうでもいいことを、人に伝えるという発想が私にはなかったので、へぇそうなのか、と思った。

師匠と観ると、驚くほど大きな音で手を叩くので、最初は少し恥ずかしかった。激しいフラメンコのように、パァーンパァーンと打ち鳴らすのだ。ノリノリになれば両手を振り挙げ、好きな曲なら立ち上がって踊り、時には号泣し、ポラを撮りに行っては、見せてくれてありがとう、と踊り子に感謝を伝える。それがどれだけ、たったひとりで裸になる踊り子の気持ちを支えるのか、想像はできても、同じようにはできないのだった。

師匠は何故、私が楽しいとうれしいのか。

大人になった私がブルマを穿いたのは望まれたからであるが、付き合いや打算の奥底には、私の体にできることがあってよかった、というシンプルなよろこびが確かにあった。この体には価値を感じられず、愛着も湧かない。私の精神はいつも、そのことを後ろめたく思っていたから。

第六話　二〇一九年十月二十二日

お前ら、かかってこいや！　とファンを煽るギタリストに、本当にかかっていってしまった人を見たことがある。そのバンドにとっては、小さすぎるライブハウスだった。頭を振って飛び散る汗が、自分のものか、メンバーのものかもわからなくなる距離で、さらに互いの領域へと身を乗り出す。超満員の圧が、最前列と鉄柵の間で行き場を無くしていた。

極限の暑さと苦しさのなかで、彼女は眼前へ突き出されたギターに思わず手を伸ばす。弦を張ったネックを摑めばどうなるか。音が、ギターソロが、完全に止まる。最悪だ。それでもドラムとベースは演奏を続けたが、ギターは怒りを抑えられない。ピックを床に叩きつけた彼は、彼女を怒鳴りつけ、唾を吐く勢いで罵った。

この世に、これほど酷い恋の終わりがあるだろうか。即完売のＬＩＶＥで、ギターの真ん前を確保するということが、思いの深さを物語っているのに。

さらに信じられないことが起きた。彼女は再度ネックを摑み、今度は強く揺さぶって怒鳴り返したのだ。もはや言葉になっていない。そこでようやくスタッフが止めに入った。ギターを下ろし、ステージを去ろうとするメンバーをボーカルが必死になだめ、どうにか演奏は再開された。だが、その後どんなＬＩＶＥになったのか、私には全く記憶がない。彼女をＬＩＶＥ会場で見かけることは二度となく、そのうちバンドも解散してしまった。

広島の映画館「横川シネマ」で、『彼女は夢で踊る』を観た。今も営業を続けるストリップ劇場「Ｈ第一劇場」を舞台にした映画だ。かつては行列ができるほど繁盛していたが、時代とともに娯楽は増え、経営は厳しくなっていく。その日は広い劇場に、たったひとりの客と踊り子だけ。サラリーマン風の男は酔っているのか、最前列の椅子で堂々と眠りこけている。

踊り子は舞台から伸ばした足で、客を故意に蹴り飛ばした。さすがに目を覚ました男は、ここで眠ることの何が悪いのだ、お前は脱ぐのが仕事だろう、と踊り子に摑みかかる。ブチ切れた踊り子が、ステージの上から客に食ってかかったので、慌てて社長が仲裁に入った。

そのシーンが、あの悪夢のようなＬＩＶＥを、二十年ぶりに思い出させたのである。どちらも、意外な反応だったからだ。熱心なファンであるはずの彼女はなぜ、ギタリストに謝らなかったのか。男はなぜ、金を払って入場したはずの劇場で、踊り子に摑みかかったのか。

どんな情況でも、何をされたとしても、それはおかしな反応だろう、と思った。つまり私は、舞台の下の人間を、本当に「下の人間」だと考えているのだ。

ストリップのオープンショーは、ＬＩＶＥにおけるアンコールのようなものだ。オリジナルのＴシャツや法被《はっぴ》に着替えた踊り子が、舞台に戻って晴れやかに踊る。その間だけ、直接心付けを渡すことができるのだ。

細長く折った千円札を差し出せば、踊り子はそれを裸の乳房で挟み、お礼を言って受け取ってくれる。ストリップならではの醍醐味だ。

その日私は、地方の温泉街にあるストリップ劇場に来ていた。夜も深くなれば、近くの温泉宿から、浴衣姿の宿泊客が訪れる。それに加え、踊り子を追いかける常連のファンも集結し、お札を差し出す手はいつも以上に多かった。

しかしその中の一本が、異質だった。踊り子への感謝の気持ちで差し出されたのではなく、おびき寄せ、目的を達成するための罠に見えた。その男は、踊り子の名がプリントされたTシャツを着ていて、連れもおらず、明らかに温泉客ではなかった。

花道の横に陣取り、目当ての踊り子をこちらに向かせようと、差し出した封筒をいやらしく振る。ホラやるぞ、取りに来い、と。踊り子を何だと思っているのだ。人間だよ。エサのように振らんでも見える。通常は剝き出しのお札で渡すが、その男は思わせぶりな白い封筒を掲げていた。

近寄った踊り子に、腿の奥で挟み取れ、と男は手振りで要求する。自分の欲望を満たすためのエサとして、封筒を用意していたのだ。危険を察知した踊り子は、お礼を言って手で受け取ろうとする。

しかし男は、封筒を摑んだまま離さない。お客が差し出した心付けは、受け取らないわけにはいかないのだろう。中身が紙くずかもしれなくても、礼を言わねばならない。するとと男は封筒を開けて、中身をチラッと見せた。ホラ、見えたか？　中身は千円札なんかじゃない。欲しいだろう？　金は欲しいに決まっているだろう？

馬鹿にすんじゃねぇよ。私なら足で顔面を蹴り飛ばしていただろう。しかし踊り子は我慢強かった。それはできないと笑顔で主張し続け、結局は時間切れで男が折れた。私は客席で、酷い顔をしていただろう。

千円なら断るが、五千円なら股ぐらに手を突っ込んでもいい、とでも言うと思ったか。それは相手の尊厳を無視した振る舞いだ。金銭的な理由だけで嫌々服を脱ぎ、みじめな気持ちで踊っているわけではないことは、ステージを観れば明らかである。

その誇り高き肉体が見えないのか。下の毛をきれいに剃り落としているのは、触らせるためなんかではないだろうよ。ステージに上がってくれなければ、一生拝むこともできない代物だよ。

私は激しく憤っていた。同時に、男と同じ客席からステージを見上げているだけの私が何故、と奇妙にも感じていた。私は何もされていないし、私は彼女の代理人でもない。踊り子はきっと、そんな酷い侮辱にも慣れっこのはずだ。

次のステージでもその男は、踊り子の股ぐらだけを、身を乗り出して舐め回すように見ていた。美しく伸びた背筋も、特注のドレスも、鏡の前で練習したはずの振り付けも、どうでもいい、という風に。

しかし踊り子は、彼にも平等に足を開いた。わかりやすく、平等に、振る舞っていた。そうすることで、かわいそうではなかった。踊り子は決して、憐れみを誘わない。演目上、そういう演技はしても、オープンショーではあっけらかんと踊り、かわいそうを押し付ける隙を与えない。

どんな情況でも、楽しそうに踊っていると思わせることが、何より彼女たちの尊厳を守るのだ。私はもう、その男を気にするのはやめた。

人間は、お金を払って人間を観る。お金を払う側と貰う側では、目的も、心の持ちようも、苦労も喜びも違うはずだ。観る人がいなければ成り立たないが、やはり私は、観せてくれる人がいなければ、そもそも観ることもできない、と考える。

観せる人の努力のほうが大きいから、観せてもらうほうは立場が弱い。だが、あのライブハウスでも、映画の中でも、それは裏切られた。

客席には、ステージを眩しく見上げる目と、見世物小屋を覗き込むような目が混在しているのかもしれない。幾重にも纏った豪奢な着物で花魁《おいらん》道中をやったかと思えば、全て脱ぎ捨て、尻の穴を広げて見せたりする。

私はどんな角度で舞台を眺めているのだろう。

そんなことを悶々《もんもん》と考え、湯あたりするほど温泉に浸かった翌朝、私はまた劇場へ行き、通用口のドアを叩いた。私がエッセイを書いていることを知った踊り子が、何かの役に立つのではと、特別に招き入れてくれたのだ。

似合わない自然光が差し込むステージに、靴を脱いで、上がらせてもらう。そこは想像以上に高く、ひんやりとしていた。靴下を履いた足ではツルツルと滑って、そのままステージと客席との間に、ポトンと落とされてしまいそうな心許なさだ。四つん這いにならないと、花道の先端から下を覗けない。嵐の東尋坊《とうじんぼう》で、雨に打たれながら笑って崖の下を覗き込める私が、だ。

ここに立てば、その場を支配したような気持ちになると思っていた。ところが、見下ろした客席は、全てがこちらを向いていて、私を支えているように見えた。ここからこぼれ落ちないのは、客席があるからだ。踊り子が口にする「ありがとう」は、お金を払って、そこに座っていてくれることに対する感謝なのだろう。

だがそれ以上に、自分が彼らを楽しませている、と強く思えなければ、あっという間に押し戻されそうだ。

何も見せるものを持たない自分は、だからずっとへっぴり腰で、楽しそうにはしゃがない私を、踊り子は不思議そうに見ていた。

第七話　二〇一九年十一月二十二日

それは十日間、同じ劇場で合計四十回も繰り返される。

「花のトップステージを飾る、相田樹音嬢の登場です。盛大な拍手でお迎えください」

その日、樹音さんが三十四回目のステージを終えた後、師匠が私の肩を叩いた。特に待ち合わせはしないが、今日来るということはだいぶ前から聞いている。何しろ北海道から神奈川の劇場まで足を延ばすのだ。思い立ってふらっと立ち寄る、という距離ではない。

ストリップ劇場には作家・桜木紫乃のファンが多く、あちこちから声が掛かった。その隙に、私はそっと席を離れる。教えられた楽屋口はすぐに見つかった。今日は特別に、ここへ入ることが許されている。樹音さんから、私の髪型にそっくりな、つまり金髪ボブのかつらを探しておいて欲しい、と頼まれていたのだ。

ボストンバッグを肩に、通路を進む。通路に明かりが溢れる大部屋が踊り子たちの楽屋で、出演する六人がそれぞれの鏡の前で、盛大にお店を広げていた。化粧道具や衣装、ステージで使う小道具やお客からの差し入れ。部外者には境界線がさっぱりわからない。

もうこの場所に何年も住み着いているようにも見えるが、彼女たちはここへ来てまだ九日しか経っていないはずだ。しかもきっちり十日で、全員がここを去って行く。ひと月を十日ごとに、頭・中・結と分けるのは、ストリップ業界独特のカレンダーだ。

通常五、六人で香盤は組まれるが、全く同じメンバーが同じ場所に揃う可能性は、限りなく低いだろう。ずっと変わらないことを前提に繰り返す日々は、ある種の人間にとっては息苦しくてたまらない。先が見えている安心は、退屈とも呼べるのだ。

おつかれさまでした、の声で我に返る。トリを飾った全裸の踊り子が、汗だくで楽屋に戻ってきた。おつかれさまです、と声をかけるが、誰もが自分のことで忙しい。樹音さんは、前の回でお客が撮影した大量の写真にサインを入れていた。それが終わると、かつらを装着しながら、私に着替えるよう指示を出す。最後に真っ赤な口紅を渡されて、こっくりと塗り込めば双子の出来上がり。歯が紅く染まらないように、ティッシュを咥えることも教わった。踊り子たちの衣装が幾重にもかかった壁を横這いに進み、一緒にステージ袖へと向かう。この壁も、明後日には全く別の衣装で見えなくなっているのだろう。

午前十一時半から始まる一日四回公演のうち、二回目のフィナーレだった。休日ともなれば、最も混雑している時間帯である。

音楽が鳴り、樹音さんと手を取りあってステージに登場した私を見て、師匠が叫んだ。

「な〜にやってんだあ⁉」

事情を知る人も知らない人も、その驚きっぷりにウケている。大成功だ。

踊り子のひとりが誕生日を迎えるため、フィナーレ前に出演者総出のバースデーイベントが予定されていた。そこへ私が紛れ込み、座敷童《ざしきわらし》のように踊り子が一人増える。よく見たら、書店員の新井じゃないか！　と師匠を驚かせ、それでまた会場を沸かせるという仕掛けだ。そんな悪戯《いたずら》を思いつくのは、樹音さんしかいない。

シャンパングラスが配られ、師匠がお祝いのスピーチでしっかり笑いを取り、乾杯した。客席の笑顔は、ステージからよく見える。たとえ無表情だって、こちらを向いている、というだけで笑顔と同じ意味だと知った。結婚式における新婦の父親のように、シャンパンをカーッと飲み干した師匠は、おかわりまでしていたから、相当びっくりしたんだと思う。

イベントが終わり、通常のフィナーレが始まった。踊り子のように背筋を伸ばして、下手へぺこり、上手へぺこり、全員一緒に正面へ向かって深くお辞儀をして、拍手に送られ袖へと引っ込む。お客として、その所作を何度も見ていたことが役立った。まるで共犯者のように見えていただろうが、実は驚かす方も、ここまでやるのか、と驚いていたのである。

しかし樹音さんの悪戯は、そこで終わりではなかった。ステージ袖には赤と白のエレキギターが一本ずつスタンバイしている。演目は「裸の華」だ。桜木紫乃の小説『裸の華』の主人公は「ノリカ」という名だが、モデルは実在の踊り子「相田樹音」であり、樹音さんが小説『裸の華』を読み込んで、ストリップの演目に仕立てたのだ。それを、モデル本人が「ノリカ」になりきって踊るのである。言葉にすると複雑だが、樹音さんにとっては、ごく自然な発想なのだろう。

一曲目は情熱的なラテン。赤いギターを受け取り、暗転したステージに手を引かれ、耳元で言われた通りにポーズを決める。かき鳴らしたギターに乗せて歌が始まり、パッと明かりが点《つ》いた時の師匠の顔。眼鏡の奥が点だった。ギターはアンプに繋がっていないが、丸腰ではないぶん、踊りやすい。樹音さんが本舞台に下がる気配で花道へ進んだら、客席で踊る師匠が見えた。

二曲目はギターのリフが特徴的なロックナンバー。赤いギターであてふりできるくらいには知っている曲だ。そして気付けばラストの曲、愛する人の旅立ちを歌う壮大なバラードで、さすがにこの山場は引っ込むべき、と思ったものの、樹音さんのリードで絡まりながら花道を進み、寝そべって足を上げたり、開いたりした、と思う。

恥ずかしさなどまるでなく、美しい踊り子がすぐそこに、時には腕の中にいることがしあわせで、鏡のように同じ動きをしたら、その人になれるような気がした。ポーズを取るたびにリボンが飛んできて、仕込まれた色とりどりの羽根が舞い上がる。客席でも、サイリウムの光が揺れていた。

そして最後は、ステージに置いた椅子に私が腰掛け、樹音さんが背後で舞う。前へ差し出した私の両腕に、大量のリボンが飛んでは降り、受け止めては積もり、いったい何本用意してきたのか、もう十分だ、十分祝福された、と泣き出すくらい、リボンまみれになった。もう師匠の顔は、強いスポットライトと汗と涙で見えなくなった。そして、音が止《や》み、照明が落ちる。舞台に出る直前、ワンピースの下に総スパンコールの短パンを穿かされたことの意味がわかったのは、舞台袖にはけた後である。

踊り終えたばかりの高揚が、樹音さんに冗談を言わせたのだろう。「みえかちゃん、踊り子になったら?」その場で思わずハイと答えた三十九歳の私は、二十年以上前、まだ高校生だった頃のことを思い出していた。夜の世界で働く七つ上の友人から、保険証を借りたのだ。

大人っぽく見えるから大丈夫、これで面接受けてきな、と。条件反射のように受け取って、何も迷うことなどないと、素速く首を縦に振ったのだった。あんな風になりたいと思える人間に出会えたら、私は今すぐ、なりたいのだ。いつか、なんてあるかもわからないものを待つことができない。年齢も名前も偽ったが、自分の気持ちを偽ることはしなかった。

高校の授業が終わると、着替えて歌舞伎町へ向かい、朝方タクシーで帰宅して、また遅刻せずに登校していた。掃除の当番で、机と椅子を一緒に持ってガタガタさせている自分が、数時間後の自分を思うだけで、可笑《おか》しくて仕方がなかった。

翌日、書店員に戻ってレジに立っていると、ギターにでもぶつけたのか、手首に大きな青痣を見つけた。やっぱり可笑しくて仕方がなかった。

第八話　二〇一九年十二月二十二日

鶯谷《うぐいすだに》の実家から浅草方面へ向かう言問《こととい》通りの、ラーメン屋と食堂の間に緑色のテントがあって、そこにビニ本専用の自動販売機が置かれていたことは、私の記憶にぼんやりとある。

昭和の性文化をまとめた『愛人バンクとその時代』という本に、大ブームとなった自動販売機本の月刊誌が紹介されていた。その記事は、私が生まれる少し前のものである。

当時の国民的アイドルが出したゴミを漁り、事件現場の遺留品のようにブツ撮りをし、「ショック！　○○ちゃんの使用済みナプキンが出た!!」というキャプションとともに、普通の女の子の生活を想像させる生々しい写真が公開されていた。

それには芸能マスコミも食いついたというから、スマホがない時代、書店には並ばないその過激な本がどれほど熱狂的に売れたのかを想像すると気が遠くなる。だが今ではもう、少なくとも私の生活圏内では、ビニ本の自販機を見かけることはなくなった。

現代人は、そんな下品で卑劣なものになど興味を示さないし、アイドルだってプライバシーは守られるべきだと、十分理解している、わけではない。自販機は撤去されても、有名人の恥ずかしい写真はSNSで瞬く間に拡散され、お金を出して雑誌を買わない人間までもが無邪気に騒ぎ立てるのだから、より始末が悪い。

人間には、見られたら恥ずかしいだろうな、と想像しうるものをつい覗き見したくなる性質がある、などと一般論にして逃げるのは止そう。私自身、ネットのトレンドに入った芸能ニュースが気になって、クリックしてしまうことはある。他人の恥には価値があるということだ。だから暴いて晒す人間が生まれるのである。故意に選んだとしか思えない、酷く情けない顔のスクープ写真が選ばれるのは、より商品価値を高めるためだろう。書いていて反吐《へど》が出そうだが。

数ヵ月前、ある劇場の客席で、医師を自称する老人から名刺を求められた。私がその直前に、別の常連客と名刺交換をしていたからだろう。明らかに安物のかつらをかぶった、見たことのない男だった。

身なりと話の辻褄の合わなさから、少なくとも現役の医師ではないと判断したが、劇場で出会って挨拶を交わすような人のほとんどは、職業はおろか、本名すら定かではない。

踊り子にサインをしてもらう時の「ポラネーム」で呼び合うからだ。頑なに断るのも面倒なので、会社の名刺を渡した。私がどこの誰で、どういう本を書いていて、なぜストリップに通っているかなど、もはや劇場では秘密でもなんでもない状態だったからだ。

しかし翌日から、SNS上での執拗な絡みが始まった。私の名刺を写真に撮って公開し「ストリップ劇場でお会いしましたよねぇ？」とコメントを付ける。不審に思って反応をしないでいると「ストリップがお好きなんですか？」「エッチが好きなんですか？」などと、しつこい。なるほど、と思う。

私を強請《ゆす》るつもりか、口説くつもりかは知らぬが、つまりストリップに通っていることを他人に知られるのは恥ずかしかろう、と想像して気持ちよくなっているのだ。

大人が自分で稼いだお金でどこへ行こうと、どんな性癖を持っていようと、他人に迷惑をかけなければ何の問題もないではないか。

しかし、ストリップに通っていることを恥ずかしいと感じる人もいるのだろう。恥だと思う人は、知られることが弱みになり、それを握った人間は、気持ちのいい優越感に浸りたがる。

細い首にぽわぽわとしたショートカットのSは、昨年、惜しまれつつ引退した踊り子だ。化粧も体も薄く、外で会ってもまさか踊り子だとは思わないだろう。しかし浴衣姿で迷い込むように現れた彼女には、客席から予想以上の拍手が鳴る。その素振りや視線から、どうやらそこが人気のない水辺で、我々の視線はない設定であることがわかった。

汗を拭うと、人目がないのをいいことに、浴衣の裾をたくし上げて水に入る。柄杓《ひしゃく》と手桶と手ぬぐいを使って、見えない水を見せてくれた。

やがて大胆な気分になった彼女は、手桶から透明のディルドを取り出す。大丈夫かしら、と辺りを見回して、誰も来ないことを確認しつつも、来るかもしれないことをちゃっかり興奮の材料にして、心ゆくまでオナニーを楽しんだ（もちろん芸だ）。

そして、使い終えたものを口にくわえ、唇から離すときに唾液が糸を引く。それがライトに照らされて、誰の目にも映るほどギラリと輝いたのだった。踊り子は唾液の糸まで操るのか。寝転んだまま唐突に、目の前数十センチの観客と目を合わせる。恥ずかしいのはどっちだ。その瞬間、形勢が逆転したのである。

興奮が鎮まり、我に返った彼女は、乱れた浴衣を手早く直して舞台を後にした。我々をまた、きちんと透明人間に戻してから。

見られていることに気付かず恥ずかしいことをしている人間を盗み見ることは、強い興奮を誘う。しかしストリップは、見られてもいいと思っている人がこれから見せますよと言って見せているのだから、興醒めもいいところである。

仕事だから脱ぎまっせ、という現金さには、夢も希望もない。正直、これだけストリップに通っていると、人間の性器そのものには、それほどの力はないと感じる。

少なくとも、自らの意思で足を開いて見せたそれに、恥じらいを感じることは難しい。それでも、見てはいけないものを見ている、と錯覚させる演出が、プロの踊り子には必要なのである。

このエッセイも仕事として依頼された以上、他人に知られたくないことを赤裸々に綴っている、という演出がなされている。恥は自ら開いた時点で、暴かれる恥とは質が変わってしまう。それに加え、人からこういう風に見られたい、という自意識からは、とうてい逃れられそうにない。これがエッセイの限界なのか。

私はいつだって、自分の都合のいいようにしか話をしない。自分に都合の悪いことなど、本当はなにひとつ、書けていないのだろう。

第九話　二〇二〇年二月二十二日

ストリップ小屋の入り口には、踊り子の写真がある。個性豊かに着飾り、ポスターサイズに引き延ばされたそれは、男性でなくとも目を引く看板だ。記念に撮影して、悪意なくSNSに投稿する人の気持ちも、わからなくはない。

コンサートや映画に行くと撮影スポットが用意されているが、あれと同じ感覚なのだろう。本来は劇場の目の前か、十八歳未満はアクセスできない、劇場の公式サイトでしか目にしないはずの写真だ。事情のある踊り子も、そのつもりで掲載を承諾している。

それをSNSに載せてしまえば、世界中に拡散される可能性が生じるのだ。知らなくてもいい人に届いてしまうこともあるだろう。

知りたくなかった人にまで知らせるという暴力を振るった匿名の誰かは、何のリスクも負わず、自らの手が何をしでかしたかも知らないまま、脅威の鈍感さで生きていく。

ストリップは恥ずかしい仕事ではない、と私は思っている。だが、本人が恥ずかしくないのと、誰かが恥ずかしいと思うこととは、全く別の話である。それを変えさせることは難しいし、変えさせるという発想自体がそもそも傲慢である。

話せばわかる、見ればわかってもらえる、というケースはもちろんあるだろうが、限りある他人の時間を奪ってまで、無理強いするようなことでもない。聞きたくない、見たくない人に押し付けることは、もはや嫌がらせ行為でしかないだろう。それが身内なら、なおさらだ。

都心の主要駅から近い「シアターU」や「Iミカド劇場」は、飲み歩く団体客がたまたま通りかかって、看板に引き寄せられて入店するケースもある。場内でうっかりスマホを取り出してしまうのは、大抵そういう一見さんだ。都内在住の踊り子は、その中に、たまたま知り合いがいることもあるかもしれない。

だが福井県の芦原《あわら》温泉にある「Aミュージック劇場」では、その可能性も極めて低い。温泉とストリップは相性がいい。かつて全国の温泉街には、数多《あまた》のストリップ劇場があったそうだ。時代とともにブームは去り、旅行客自体が減った今でも、数軒が残っている。湯に浸かって酒を飲むくらいしかやることがない温泉客が、夜になると宿の浴衣に丹前《たんぜん》を羽織ってなだれ込む。会社の慰安旅行で、男性社員だけがバスに乗って来ることもあったらしい。平和な時代だ。私は昭和のそういうところが決して嫌いではない。

初めてJRの「芦原温泉駅」に降り立ったのは令和の秋口で、駅前の土産物屋や飲食店は、ほとんどがシャッターを下ろしていた。そこから温泉街に行くには、タクシーかバスに乗るしかない。

世界一の乗降客数を誇る新宿駅には「Sニューアート」がある。ベンチも含め五十席ほどのストリップ劇場だ。一方、福井県のあわら温泉街に、映画館のような独立したシートが二階席を含めて百席。そんな立派な劇場が、今も営業を続けていることを、私はこの目で見るまで信じられなかった。

ステージは横にも奥にも広く、劇場らしい緞帳《どんちょう》まで下がっていて、花道さえなければ学校の講堂である。しかしステージの真上には、床が透明の二階ステージという構造だ。いきなり、昔流行ったノーパン喫茶みたいである。一階ステージの脇にらせん階段があって、そこを駆け上がった踊り子が、ジュリエットのように柵から身を乗り出すのを見上げると、一体自分が何を観に来たのかがわからなくなる。パンツ丸見えのシェイクスピアか。

私はこの昭和の忘れ物みたいな劇場が、観客としてすっかり気に入ってしまった。この時期でも、客席はそこそこ埋まっていたが、蟹《かに》のシーズンともなれば、立ち見客が出ることもあるという。それは、なんとしても見てみたい。ストリップ全盛期にタイムスリップしたみたいではないか。

十二月、蟹漁が解禁された後のタイミングで、相田樹音さんが乗ると聞いて、また泊まりがけで福井へ行くことに決めた。都心の劇場は、たいてい正午までには開演する。最後まで楽しんでも、てっぺんを回ることはまずない。そんな中、ここでは二十時過ぎから、ようやく一回目が始まる。

その時間設定からして、夕食後の温泉客をターゲットにしていることが明らかだ。どんなに遅くなっても、温泉客には宿がある。歓楽街にある劇場の、最終回の客席が寂しくなってしまうのは、終電の時間があるせいなのだ。

前回は「あわらグランドホテル」に宿泊した。そこから徒歩数分の劇場で閉館まで楽しみ、近くのスナックに寄って、戻るのは二時、三時。それでも大浴場は利用できる。仕事を終えた踊り子たちも、掛け流しの風呂で疲れを癒やせるのだ。遠くても、あわらに踊り子がやって来るのは納得である。しかし、今回は宿の手配をしていない。樹音さんの部屋に泊めてもらうからだ。

ほとんどの踊り子は県外から訪れるため、劇場に宿泊施設が用意されている。踊り子のように、そこで眠ってみたかった。掃除でも皿洗いでも猫のお世話でもします、という気持ちで、ここまでスーツケースを転がしてきた。

ところが、私に与えられたお役目は、舞台で踊ることだったのである。

相田樹音さんと一緒に、チームショーで踊る。それは「Yミュージック」で、師匠を驚かせるためだけに、二ステージ限定で企画したはずだったが、十月のハロウィンには、師匠のいない「シアターU」で二ステージ。今回のあわらでは、宿泊する二日間に行われる全ての公演で踊る。

クリスマスらしいソプラノに合わせ、揃いの衣装で舞い、私にはサンタのようにお菓子を配るという大役も与えられた。しかし例の如く、口頭での打ち合わせもそこそこに、本番に挑む。

舞台は異様に広かった。踊り子も、通常は六人程度でまわすところ、あわらは基本三人だ。とにかく、あっという間に出番が来るので、慌ただしいことこの上ない。本番より、楽屋をドタバタした時間のほうが、記憶に強いくらいである。

旅の恥はかき捨て、楽しむ意気込みが強い温泉客は、イタリア人かと思うほど終始楽しげで、美しい、かわいい、と惜しげなく褒めてくれた。しあわせである。踊り子とポラロイドでツーショットが撮れる、ということにすら新鮮に驚いて、照れずに参加してくれる。

大量に預かったポラにサインをしたり、シールを貼ってメッセージを書く作業は主に私が請け負った。その間、樹音さんはドレスを脱いで、遠方から駆け付けた常連客の腹が減るだろうと、福井の米をたっぷり炊き、東尋坊で仕入れた佃煮で、大量のおにぎりを拵《こしら》えていた。

私は樹音さんのこういうところが、たまらなく好きなのだ。ステージでディズニープリンセスみたいな笑顔を振りまいたのと地続きで、オラオラとワイルドに米を握る。決して丁寧ではないが、早くて迷いがない。こっちは冷えるからと、私の体中にベタベタとカイロを貼り、幼稚園児みたいな分厚いタイツを穿かせて、化粧した私を褒めそやしては、ガラケーで撮ったイマイチな写真を師匠に送りまくる。

残り僅かな時間で、私の何倍もの速さでつけまつげを付けて、ろくに鏡を見ずに髪をアップにする。そんな舞台の裏側を見ても、ステージの樹音さんにはうっとりして、踊りながら涙が出るのは変わらない。

夜は他の姐《ねえ》さんからクリスマスケーキを分けてもらって、樹音さんと布団を並べて眠り、昼頃起きたら青汁とヤクルトを飲まされ、溶けるほど温泉に浸かった。一日中おそろいのつるつるしたすっぴんで、子どもみたいだった。だけど日が暮れたら、おしろいを叩いてステージで踊る。

その前にスーパーに寄って、他の姐さん方と食べる、楽屋めしの食材を買い込まなければ。きっとスーパーの店員は、樹音さんを寮母か食堂のお母ちゃんか何かだと思ったに違いない。

上と下にカゴを載せたカートをぐんぐん転がしている人と、足を上げてスポットライトを浴びている人は、同一人物である。そのコントラストが、私の心を捉えるのだ。

ストリップのことをＳＮＳに上げると、本や書店に関する話題とは、明らかに反応が違う。あからさまな拒絶はないが、気味の悪い静寂が訪れる。見えているはずなのに、情報をきれいに選り分けて、いいねをしたり、しなかったりすることが、許す、許さない、に見えて、なんだか気持ち悪かった。

気付けば私は、自分のＴｗｉｔｔｅｒが嫌いだった。見たいものしか見ない人たちには、結局何も見えていない気がした。

「共感してくれるだろうと思ったのに」と腐る私に、そりゃ無理な話でしょう、と勤め先の店長、花田菜々子《はなだななこ》は笑うのである。人は相手によって、見せる面を変えている。それを了解の上で、その面と付き合っている。そこで突然、実はこういう面もあるから見せるね、もちろん受け入れてくれるよね、と押し付けるのは身勝手に過ぎる。確かにそうだ。私はいつも明るくて面白いけど、実は暗くて死にたい気分のときもあって、両方好きになってくれないと全部嘘だ、なんて言われるのは甚だ迷惑である。そういうのは、どこか他所でやってくれ、と思う。ああ、そういうことか。かんしゃくを起こして、喧嘩を売らなくてよかった。冷静な彼女には、いつもぎりぎりのところで助けられている。

入り口の看板をSNSに載せないで、とTwitterで訴えた踊り子には、自分の仕事を知らせたくない身内がいるのかもしれない。仕事を誇りに思うことと、知らせたくないと思う気持ちは、同じ人間の中に入っている。踊り子としての彼女が好きな人もいれば、踊り子じゃない彼女だけが好きな人もいる。

でも、どちら側から見ていても、たとえ呼ぶ名が違っても、私たちが好きな彼女は彼女しかいない。胸を張って踊って、実家に帰る時は、本名に戻ればいい。

花田菜々子は最後にこう言った。「ストリップ用に別の名前でアカウント作ればいいいんでないの?」

その通りである。踊り子が、芸名と本名を使い分けるみたいに。

第十話　二〇二〇年三月二十二日

渋谷駅はずいぶんと様変わりしていた。仕事帰りの人波に逆らって、私はスタジオへと向かっている。壁がヤニ色に染まった、ロックバンド用の防音スタジオではない。アップライトピアノが置いてあるだけの、練習スタジオでもない。ダンスを教わるための、ダンススタジオだ。

日中にかけた電話の応対があまりにもラフで、私のような歳の人が行くようなところではないのかも、と不安が頭をよぎった。たどり着いたそこは、まさにその通りである。地下へ下りる階段の壁は、カラフルなグラフィティで埋め尽くされ、場違い感がすごい。

受付には、ニットのキャスケットに大きなフープピアスを付け、チョコレート色の唇をした女性が座っていた。友達になったことがないタイプだ。予約した体験レッスンを受けに来たのだが、入会して欲しくないのかと思うほど、聞かなければ何も教えてくれない。ホットヨガの体験後に、「ナマステー」と合掌したばかりのヨガインストラクターから、オプションのセールストークを延々聞かされたじろいだが、こうして放っておかれれば入会したくなる、というものでもないらしい。

所在なげにしていると、にこやかな女性が近寄ってきて、私に声を掛けた。今日の講師のようだ。しかし会話が全く弾まない。ダンスが好きなのか、と聞かれても、上手く答えることができないのだ。観ることに関しては、好きどころの話ではないが、彼女が言うダンスの中に、ストリップのダンスが入っているかどうかがわからないから、下手なことが言えない。習いに来た目的を正直に言うのも、面倒だった。

持参したTシャツとスパッツに着替えて控え室に入ると、異様な光景が広がっていた。着替えてレッスンを待つ生徒たち全員が、床に座り込み、首を深く折って、スマホの画面を覗き込んでいる。これから踊るのだから、柔軟して体をほぐすとか、瞑想《めいそう》して集中力を高めるとか、やるべきことはあるだろうに。ストリップ劇場では、お客が携帯を取り出しただけで、スタッフが弾丸のように飛んでくる。従わないお客はつまみ出す勢いだ。

私が選んだのはジャズダンスの入門クラスで、時間になると、二十名ほどの生徒が鏡張りのスタジオに入っていった。タオルと水を持ち込むところは、ホットヨガと同じである。しかし、ヨガスタジオでは更衣室からスマホの使用が禁止されていた。服を脱ぐ場所だから当たり前だ。スタジオ内には時計もあるし、ロッカーには鍵もかかるし、スマホを持ち歩く必要はない。鏡に映った自分を撮って、インスタにでもあげるつもりだろうか。私より十も二十も下に見える現代っ子の彼女たちは、たった一時間でもスマホを取り上げたら、不安になったり発狂したりするのかもしれない。こりゃ馴染めなそうだな、と鼻白む。

全員でストレッチと軽い筋トレを行い、いよいよジャズダンスだ。八×四の三十二カウントを踊る。足をその場で踏んで指を鳴らし、首をまわして両手を広げ、ターンして肩を交互に入れたら、片手を伸ばしてハイッ、超楽しい。振りを忘れて出遅れることもあるが、ターンが決まった瞬間は、自分カッコイイ！　と気分が上がる。初めてにしては、上出来ではないか。ヨガにはない、速いビートに乗る興奮や、バレエっぽい優雅な動きに、顔がにやつく。自分が踊っていること自体が愉快だ。

ヨガは伸びを深めるため、つま先を立てて、踵《かかと》を前に押し出した足でポーズを取ることが多いが、私はつま先を前に倒し、甲を長く見せた足先が好きなのである。踊り子はいつもそうして、ポーズを決める。ダンス動画を見ていたときに、ジャズは足先がそれに近いように見えたのだ。セクシーなベリーダンスも、ストリップっぽくはあるが、腰や尻を小刻みにゆさぶるのは、私の薄い体に合いそうもない。

一時間のレッスンが終わろうとする頃、「今から一度だけ通しで踊るよー」と講師が呼びかけた。生徒たちは練習を止め、一斉にスマホを手に取る。私以外、全員が動画撮影をしていた。このためだったのか。ということは、レッスン前に食い入るように見ていたのも、自分で撮影した先生の動画だったのだろう。自分の偏見が恥ずかしい。思えばクラスの生徒たちは、鏡に向かって笑顔を作り、しかし全く笑っていない真剣な目で、体を激しく動かしていた。

みんな、何のために顔を作って踊るのだろう。ただ楽しく踊るためなら、安くないお金を払ってレッスンを受ける必要はない。魅せるダンスを踊りたいのだ。観客を楽しませる踊りを、目指しているのだ。ここにいる女の子たちは、みんな自分を見てほしがっている。見てもらうためなら、服を脱ぐだろうか。

ほとんどの踊り子は、踊りたくて踊っている、踊りが楽しい、という風に見える。生きるためにお金を稼ぐこととは、また少し違う目的に思えた。そしてそれは、下着を取って見せる実際と、ほんの少しずれているような気がしてならない。服を脱がないダンサーなら、その疑問は浮かばなかっただろう。

だが劇場では、どんなに激しく踊っても、エアリアルで空中を舞っても、それだけでは終われない。必ず脱ぐ必要がある。その絶対は守りつつ、それぞれが体を鍛えて、際限なくダンスを高めてくる。上手く踊りきったと思っても、アソコをもっと見せてほしかったと、残念そうな顔をされることだってあるだろう。ぱーんと足が高く上がった真ん中に、薄い襦袢《じゅばん》がハラリと覆い被さったときなど、会場から無言の「ああ～」という声が聞こえるような気がする。ほとんどの観客にとって、見えるか見えないかはとても大事で、時にそれは、踊れるかどうかよりも優先される。

踊り子がどれだけ達成感を感じようと、思ったような評価が得られないこともあるのではないか。踊る側と観る側の最高点が一致しないジレンマは、会社でよくある、「私の仕事が正しく評価されていない」不満に似たものかもしれない。

体験レッスンの後、やはり入会を勧められなかったので、パンフレットをもらって、居心地の悪い渋谷から退散した。

ターンの興奮が忘れられず、晩飯の前に踊ってみる。振りはなんとなく覚えていたが、どうも細部の処理がダサい。猿のように遊んでいる左手や、木のように根付いている右足はどうするんだっけ。動画があれば、確かめられたのに。ただ、つま先立ちになって両手を斜め上に挙げ、体全体でXを作る動きは、上手にできた。かっこいい。これだけでも、一時間のクラスを受講した価値はある。

踊っていると、Amazonで注文した荷物が届いた。三千円もしない黒のダンスシューズである。その昔、消費者金融「武富士《たけふじ》」のCMが流行《はや》った。お揃いの格好をした武富士ダンサーズが、滑稽なほどかっこいいダンスを踊る。その時に履いていたものをイメージして、ネットで探した。

「レッツゴー！」から始まり、キレキレのダンスからの「ダダダダッ」で片足を前に伸ばし、頭を反らせた、あの憧れのポーズ。せっかくなのでストッキングを穿いて、黒いショーツに黒のブラトップ姿になって、新しいシューズで真似をしてみた。こういうときのために、姿見があるのである。ひとり暮らしの部屋には、ヨガマット一枚分しか足場がないが、YouTubeでCM動画を流し、適当に踊る。私は武富士ダンサーズのセンターだ。

気分が乗ってきて、立ったまま後ろへ反り返り、ブリッジをしようと思ったらそのままゴンと頭を打ったので、痛さと可笑しさで床を転げ回った。なぜそんなことができると思ったのだろうか。できなくてびっくりしている自分にびっくりする。

私は昔から、こういう無茶なところがあった。頭の中で出血をしていたら明日死ぬかもしれないが、それはそれで傑作だと、深夜まで踊り狂い、もう一度頭を打ったところで、伸びるように寝た。

踊り子としてデビューすることを決めてから数週間、ずっとこんな調子である。新鮮な興奮の連続だ。劇場の看板になる宣材写真を撮りに行ったり、家で舞台化粧の練習をして、最終的にはなぜかビジュアル系バンドマンになったりした。放置していた踵のひび割れを治すために、クリームを塗って靴下を履いて寝るのだが、朝起きると脱げている。踊り子の踵は、つるりと柔らかそうであるべきなのに。

どんどんきれいになって、スポットライトも浴びて、お給料ももらえて、この連載エッセイには、お客さんだった頃のストリップと、踊り子になってからのストリップを、リアルタイムで綴ることができる。何かを失ったりするかもしれないが、それすら、書ければ、得たことになる。

デビューは芦原温泉にある「Aミュージック劇場」に決まった。いきなり先輩のお姐さんたちとの合宿生活である。このエッセイの締め切りから一週間後に、私は福井へと旅立つのだ。

毎日ステージの本番があって、毎日温泉に入って、毎日みんなとご飯を食べる。夕方までは、ヨガマットが三十枚は敷けるステージで練習もできる。

書店員はもちろん、文章を書く仕事だって続けられる。愛用のポメラをトランクに入れて行けば、どこでだって原稿は書ける。私はこれから何を得て、何を失い、誰に愛され、誰に憎まれて死にゆくのか。とにかく、脳内で出血していなくてよかった。もっと愉快なことは、これから始まるのだった。

頭を打ったせいではないだろうが、エロく見せることを必死に考えていたら、そこそこあった性欲が、すっかり消え失せている。劇場でストリップを観ても「お勉強モード」で、性的な興奮とは程遠い。人は、料理が好きで料理人になったり、歌うことが好きで歌手になったりする。プロとして提供する側になると、好きだった「すること」が、変質していくのかもしれない。

踊り子の師匠である相田樹音さんからは、ステージの上以外で、性を感じたことは一度もない。一緒に行くお風呂では、何かをつるりと劇場に落としてきたような顔で、子どもみたいに湯に浸かっている。私の隣で、大きく足を広げてストレッチだってする。広場を見つければ、くるんくるんと突然ターンをすることもある。

旅行先の駅でピアノを見つけたとき、私が適当に弾いていると、それに合わせて即興で踊ることもあった。ステージを降りた樹音さんも魅力的だ。すっぴんの横顔は、きれいな動物の男の子みたいだった。

私の性は、それが仕事になることによってどう変化するのだろうか。何が書けるようになるだろうか。今は楽しみで仕方がない。

第十一話　二〇二〇年四月二十二日

福井へと向かう車中で途中まで書き綴った文章は、全て削除した。あわらに十日間滞在して、一度も書くことなく帰京し、もう四日が経つ。ようやくファイルを開いたら、あまりにもそこが遠すぎて、どうにも使い物にならなかった。行きの新幹線で隣り合った男性が、私のトランクを荷物棚に上げてくれたことも、すっかり忘れていた。そのときめきを思い出せただけでも、書いておいてよかった、ということにしよう。

二月の後半といえば、新型コロナウイルスの感染拡大が深刻化し、開催を予定していたコンサートやイベントに影響が出始めた頃である。その余波は、長閑《のどか》な温泉街にも及んでいて、宿泊施設の入り口には団体客の名前が掲げられていたが、おそらくキャンセルになったのだろう、どこもかしこも閑散としていた。

それでも、私の心は躍っていた。衣装が詰まった赤いトランクを転がして、側溝から湯気が立ち上る通りを歩いている。まるで出稼ぎ、旅芸人だ。

Aミュージックの楽屋に着くなり、割り振られた小部屋に寝具を運び込み、今夜の寝床を確保する。運び込んだトランクを開けて荷物をバラし、衣装をハンガーにかけたり、楽屋の鏡の前に化粧品を並べたりする。座布団の上には、自前のタオルや敷物を敷く習慣のようだ。一体何人の踊り子がここに座ったのだろう。

掛け布団も電気毛布もクリーニングされてはいたが、染みやタバコの焦げがあった。シーツも枕カバーも、ハンガーもカーテンも、何もかも不揃いで、生活感が溢れている。共同で使う鍋や食器も、誰かが買って置いていったものだろう。紙袋にまとめた菓子や栄養ドリンクは、前の週の姐さんたちが置いていってくれたものらしい。きっとお客さんからの差し入れだ。部屋の床に落ちて張り付いたままのネイルシールや、ほのかに残る煙草のにおいに、ついさっきまで、そこに姐さんたちがいた気配を感じる。

その歴々の踊り子に自分が加わることが、くすぐったく、誇らしい。でも私という個がなくなるような心許なさも感じた。

樹音姐さんはもう到着していて、あらかじめ送っておいた大量の段ボールと、熊を二頭は詰め込めそうなスーツケースを並べ、とりあえず必要な荷物を掘り出していた。踊り子によっては、折りたたみの椅子を使ったり、宮殿の舞踏会みたいなドレスを着たりするため、荷物が嵩《かさ》張《ば》る。

しかし樹音姐さんは、衣装や小道具を上手に使い回すし、それを惜しげもなく、お客さんや他の踊り子にあげてしまう。まるで『幸福な王子』の王子像みたいに。それでも荷物が多いのは、演目の数が膨大だからだ。客席の様子やお客のリクエストに応えて、その場ですばやく対応する。それができる踊り子を、私は他に知らない。

しばらくすると、Y姐さんが到着した。私が大好きな女ホームレスの演目を踊るベテランの踊り子だ。

二十時過ぎの開演が近付くと、鏡に向かって横並びに座り、それぞれ静かに化粧を始める。Y姐さんの蠱惑《こわく》的なアイメイクを盗み見たいところだが、私の出番は姐さんの次なので、そんな余裕はない。踊って、汗を流して、また準備して、踊って、気付けば緞帳の前で、「おやすみなさい、また明日!」とお客様をお見送りしていた。

樹音姐さんがいつの間にか準備していた鍋をみんなで囲み、近くの旅館の温泉に朝方まで浸かって、落ちるように眠った。

文章を書く人間にあるまじき「何も考えてなさ」で、あわらでの日々を過ごしたのである。踊り子でいる間、心は丸裸だった。ステージで服を脱ぐより、もっとだ。私が何者であるか、私が何を思うかは大したことではない、という、感覚。ただずっとそこにあり続けた劇場の上を、代わる代わる踊り子たちが通り過ぎていく。

もはや性がどうのとか、女性であることがどうしたとかいう話ではない。私は一体、こんなところで何をしているのだろう。そんなことも、あわらでは考えなかった。あれこれ考えるのは、退屈だからなのだと知った。

楽日《らくび》の終演後、前日のカレー鍋が具だくさんのカレーライスに化けた。とりわけお気に入りのひのき風呂に、名残惜しく浸かり続けた。そして目が覚めた朝、まだここにいたい、と思った。

でも、帰りたくないわけではない。山積みになっているだろう書店の仕事も、容赦なく締め切りが迫る執筆も、色褪せているわけでは全然ない。だから大丈夫だ。

各地から集まった樹音姐さんの応援隊のみんなと、近所の蕎麦《そば》屋で昼食を摂り、そのままぞろぞろと芦原温泉駅まで向かう。帰るのは私だけだ。樹音姐さんはさらにもう十日、あわらで踊る予定である。平日の昼下がり、いずれ北陸新幹線が停まることになる芦原温泉駅ホームには、私を含め、数人のお客しかいない。だが、線路の向こうに、知った顔がいっぱい見えた。樹音姐さんを中心に、みんなが私に手を振っていた。ちょっと恥ずかしい。永遠の別れでもあるまいし。

だが、私はその「泣きたくなるほどうれしい」光景を、一生忘れられないことになる。

なぜならその日の晩、昨日と同じように開いた劇場で、事故が起きたからだ。樹音姐さんの踊りが、止まるべきではないところで、止まった。姐さんは今も、福井の大学病院に入院している。踊るはずだった十日間のうち、残りの九日間を、オフの予定だった別のお姐さんが、代演することになった。

すぐに連絡をもらったものの、連休した分、目一杯入れた書店のシフトがあり、十日後には上野で踊る準備もある。福井に駆け付けたところで、泣いて心配させて終わりだ。気の利いたことが言えるような人間ではない。シフト通りきちんと仕事へ行き、原稿の締め切りをたんたんと守って、ネットで衣装を買い集め、夜中に黙々とスタジオで練習をした。誰にも気付かれなかったと思うが、ずっとぼうっとして、心を守っていた。

またこうなるのか。私には何の不幸も訪れず、私が好きになった人には、何の理由もなくひどいことが起こる。そして私はもう、知っている。どんなに強く願ったって、どうにもなりゃしない、というびっくりするような現実を。

腰の骨を折った姐さんは、信じられないほどの激痛と闘っている。それ以上に、舞台に穴を開けたこと、周囲にかけた迷惑に心を痛めている。何故そんなことになったのだろう。きっと何故なんてないのだろう。

それでも、メールを送れば、いつもの笑顔の顔文字で返事をくれる。私はひたすら、なんでもないメールを送り続けた。でもそもそも、なんでもないことを送ることが、なんでもなくなかった。一緒に乗る予定だったシアターUには、とてもじゃないが間に合わない。そのことを何度も謝り、私を心配していた。何故だろう。何故なんてないのか。

師匠が書いた小説『裸の華』のヒロインは、ノリカという元・踊り子である。そのモデルが樹音姐さんだ。ノリカは舞台で足の骨を折って踊り子を辞め、地元の北海道で店を始めた。

でもあの時、骨折をしても姐さんは辞めなかった。ヒールが舞台の溝に引っかかり、そのままターンをした足が雑巾のように捻《ねじ》れる。私はそのシーンを何度も想像する。ぎゅっとカラダが強ばる。こわい。どうしてまた、骨を折る。

踊り子は、常に危険と隣り合わせだ。空中で逆さまになって高速回転する最中に、もし手が滑ったら。天井の金具が外れたら。足がふらついて舞台から落ちたら。しかし、どんな仕事だって、実はそういう危険がすぐ側にある。書店で荷物を捌《さば》くときに、カッターで腿の横をばっさり切ってしまった人もいる。もう少し深かったら、神経が切れて、歩けなくなっていた。だから、踊り子だけが特別だとは思わない。

樹音姐さんが私を踊り子へと導いたように、書店員へと導いたあの人は、私の目の前で病に倒れた。「治ったよ」と言って、一度は職場に顔を見せたが、すぐに再発し二度と戻らなかった。あんなひどいことはもう、職業とは何の関係もない。何故なんてないのだ。

樹音姐さんがガラケーを使ってベッドの上で書いたブログを抜粋し、引用する。

みえかよ！　かあちゃんはいけないが、どうか立派に初日を迎えておくれ！
遠くから、磔《はりつけ》のべっどの上から、ただひたすら君の舞台の成功を祈っておるぞ！
祈るしかないあたしを許しておくれ。
いま、このタイミングで怪我《けが》をしてしまったこと、本当に、物凄く後悔し、反省している。
（中略）

動けないあたしのために、どうか思いきり踊って楽しんどくれ！
かあちゃんはどこからでも君を思っているよ。
みなさん、どうかみえかどんをよろしく頼みます。
（中略）
じゅね

第十二話　二〇二〇年五月二十二日

九年前の三月十一日は、有楽町の書店で働いていた。小川洋子《おがわようこ》さんのサイン会を開催する日で、大きく揺れたのは、そろそろ会場を設営しようかと思っていた矢先だった。幸い、店内の被害は少なく、すでに小川さんは歩いてでも来れる場所で待機していたから、開催は可能に思えた。

しかし、余震は続いているし、交通網も麻痺《まひ》し始めている。もし予定通り開催すれば、熱心なファンが無理をしてでも駆け付けてしまうかもしれない。そのせいで、家に帰れなくなったり、怪我をしたりする可能性は想像できた。百枚用意した整理券は全て予約済みだ。

私を含め、読者がどれだけ楽しみにしていたかを思うと、決断に迷う。小川さんも、私たちからの連絡を待ってくれている。何とかして来て欲しい気持ちと、危険だから来て欲しくない気持ちが引っ張り合って、真ん中で立ち尽くした。

奇《く》しくもその感情は、二〇二〇年の三月十一日、上野のストリップ劇場でも繰り返されることになる。

新型コロナウイルスの感染者は、これといった対策もなく増え続け、主に都心のストリップ劇場が、それぞれの営業態勢を変え始めていた。扉を開けば、お客は来る。踊り子が、舞台の上でさみしい思いをしないように。劇場に通うことだけが、生きがいの人もいる。

踊り子も、出演するからには、できる限りの集客をしたい。いったい何人のお客が入場すれば、今日は赤字にならずに済むのか。想像するだけで、しゃかりきにならざるを得ない。劇場が倒れれば、踊り子は廃業だ。法律上、これから新規の劇場を作ることは難しい。SNSでは、「ぜひ来てね」と言わずに「ここで踊っているね」とだけ知らせた。矛盾している。

しかし「行きます」だけでなく、「止めておきます」というコメントにも「いいね」を押したのは本心だ。来ないでくれれば、感染させられることも、させてしまうこともない。しかしそこには、自分の身を守りたい気持ちと、お客の安全を思う気持ちと、劇場に後ろめたい気持ちが入り混じる。

とはいえ、降板するという考えは全くなかった。劇場が開くのなら、踊る。それはもしかしたら、ずるいやり方なのかもしれない。私が九年前、まるで被害者のような顔をして、上司の「中止」という決定に渋々従ったように。だが、いざとなったら劇場のせいにしてやろう、という気持ちは、どれだけ慎重に探しても見つからなかった。だから自分の選択は、今でも間違っていたとは思わない。正解でもないだろうけれど。

前月に芦原でデビューした私にとって、関東では初舞台となる三中（三月十一日〜二十日）

のシアターUには、連日驚くほどの人が足を運んでくれた。初日から、知り合いの作家や編集者の顔が客席にあって、おそらく初めてのストリップ観賞を、大いに楽しんでくれていたと思う。

樹音姐さんの応援隊も、姐さんはここにいないというのに、お祝いを持って駆け付けてくれた。皆、親戚の娘でも見るような目で、力強く手を叩いてくれたのだった。この人たちに何かあったら、という不安は微《かす》かにあったが、爆発的に嬉しい気持ちが勝っていた。

ストリップ観賞には、踊り子の衣装や肌に触れてはならない、というルールがある。しかし地下にある上野の劇場は小さく、換気が良い場所とは言えない。さらに写真タイムでは、至近距離でお客と会話し、撮ってくれてありがとう、とこちらから手を握る。

もし私が感染していたら、並んでくれた全てのお客の手に、ウイルスをなすりつけることになるのだ。その逆もある。でも、わざわざお金を払って写真を撮ってくれることの喜びが、手を触れないと伝わらない気がした。

各地のストリップ劇場が、営業時間の短縮や臨時休館を始めていたが、シアターUも例に漏れず、通常なら四回公演のところ、開演時間を一時間遅らせて、三回公演に変更となっていた。

それは平日の、一回目のフィナーレのことである。踊り終えた六人が、出演順に舞台へと出る。最初に名前を呼ばれた私が、背筋を伸ばしてステージに足を踏み出したら、客席に私の師匠である桜木紫乃さんが座っていた。無理をして履いた高いヒールがぐらつく。この状況、そして樹音姐さんのこと。尋ねられれば「大丈夫」と笑うのが私の役目だった。

でも、やっと、何も言わなくてもいい人が来てくれた。作家のサイン会や書店回りが軒並み中止になる中、仕事でもないのに上京し、あまつさえストリップ劇場へ行くなどと言えば、各社の編集者が全力で止めにかかることだろう。彼女は連載を抱えた直木賞作家なのだ。しかし、誰にも言わずに、飛行機に乗った。子供の家出みたいに。

久しぶりに師匠とゆっくり会話ができたのは、三十分の休憩時間が発生したからである。ステージの持ち時間は変わらないが、お客が少なければ、写真を撮る人も少ない。一回目の公演は、あっという間に終わってしまい、二回目の開始時間までに間が空いたのだ。

コンビニに出掛けたり、横になって休憩するお姐さんに断って、私はそっと客席に出た。ほとんどのお客は、再入場の印を押して、出掛けたようだ。残っている人たちも、師匠がどこの誰かをわかっていて、私たちをそっとしておいてくれた。

師匠は缶ビールを片手に持っていて、「腹が減った」と言うから、差し入れでもらったキャベツ太郎をあげる。はるばる東京に来て、つまみがキャベツ太郎で申し訳ない。初めてここへ連れてきてもらった日は、鰻をご馳走になったというのに。

「矛盾がない舞台の上から見た景色はどうだい」

そう聞かれた私は、大したことを答えられず、かといって、師匠はそれにがっかりした風でもなかった。以前、Yミュージックの客席で聞いた「生きづらくない人なんているのかねぇ」と同じ口調だ。

客席に並んで座り、ポツポツと言葉を交わしながら、何か見えただろうか、と考える。舞台に立つ当の私が、劇場に来てとか来ないでとか思っている時点で、矛盾だらけだ。

ただ、もしこういう状況でなかったとすれば。

舞台にいると、心はシンプルだ。お金を払って入場してくれたこと、照明を当ててくれること、限りある時間をここで費やしてくれること、もっと言えば、心で何を思っていても、目を開けてこちらを見てくれること、そこにただ座っていてくれること、すべてにありがとうという気持ちが湧く。

その女神様みたいな気持ちが、スッと引っ込んだ瞬間が一度だけある。

上野での公演が始まって数日後、開演中に生理が始まった。私のそれはオリンピックより頻度が低いのに、全く運が悪い。当然休むことなどできないから、急いで処置をして舞台に出る。

「なんか紐みたいのがちらっと見えたけど、もしかしてアレ?」写真を撮りに来たお客が、踊り終えて汗だくの私に言った。声を潜めるという配慮は一切感じられず、絶句していると、同じことをからかうような口ぶりで繰り返したのである。私は慌てて袖に引っ込んだ。なんて酷いことを、と一瞬目の前が真っ赤になった。相手はお客だ。教えてくれたことに感謝するか、見苦しくてすみません、と謝るのが正解だろう。

しかし、大声で言われるくらいなら、気付かぬふりをしてほしかった。私の「生理」に対する恥ずかしさは、初潮を迎えたばかりの子が、必死にナプキンをハンカチで隠して手洗いに行くレベルで止まっている。そんなこと、誰にもわからないだろうが、どうしたって、死にたくなるほど恥ずかしいのだ。

すると舞台袖にいた、私の次に踊るお姐さんが事情を察し、自分のファンデーションのコンパクトを床に置いてくれた。こうやってチェックするんだよ、と素早く教えてくれたのだ。踊り子としては先輩だからお姐さんと呼んでいるが、彼女はどう見ても、私よりだいぶ年下である。

ミッキーとミニーに挟まれて子供みたいに笑っている写真を、ＳＮＳで見たことがある。あんなにかわいらしい女の子が、こういうことを飲み込んで舞台に立っているということを、私は客席で想像もしなかった。

観客は身勝手だ。見たいものだけを見て、調子っぱずれな妄想を膨らませる。でも、それでいいのだろう。あの時私が怒りを感じたのは、あくまでも私の抱えている問題のせいで、観客が変わる必要は全くない。今度は私も、笑ってやり過ごせるだろう。

数日後、師匠からメールが届いた。

《こんな時だ。天の岩戸を開くのはオレだ、と思って踊ったらえぇ》

私のストリップは、天空を照らす神様を岩戸の奥から誘い出し、暗闇の世界に光を取り戻すことができるのか。古事記とはずいぶんスケールがでかい。まだデビューしたての踊り子で、ただ闇雲《やみくも》に手足を動かしているだけなのに。

でも、病院でリハビリに励む樹音姐さんと、客席でタンバリンを叩く師匠の、何か大きな希望になっているらしいことは確かだった。

第十三話　二〇二〇年七月二十二日

東京都の緊急事態宣言が解除され、ようやく踊り子業を再開できたのは、六月も近いシアターUでのことだった。二月にあわらでデビューして、翌月に一度、お世話になって以来である。今回も、私の名前は「表」楽屋の壁に貼られていた。

あわらや大和と違い、上野の楽屋は二つに分かれている。受付の横に壁を一枚隔てた「表」と、ステージ後方に位置する「裏」。出演者は五、六人で、鰻の寝床型の「裏」には二人が限界だ。

しかしカプセルホテルサイズの「表」も、三人座れば、異様な密度に笑いがこみ上げてくる。おまけに、それぞれが舞台用の化粧道具を広げ、なんとか空けたスペースで写真にサインをしたりするものだから、お尻を掻くにも細心の注意が必要だ。通路を挟んだ客席とは布で仕切られているだけで、舞台に流れる音楽が、相当大きなボリュームで聴こえてくる。逆に音が鳴り止めば、楽屋のおしゃべりが客席に届くこともあるだろう。

位置関係上、「表」楽屋は、受付にやってきたお客と従業員のやり取りまで、ドア越しに聞こえてしまう。入場料を払うと、誰を観に来たかを尋ねられ、目当てがいる場合は、踊り子の名前をお客が口にする。

アイドルの総選挙のように得票数が発表されるわけではないが、ＳＮＳのフォロワー数が誰にでも見えてしまうように、見ようと思えば見える場所に、正の字表は置かれていた。

現状を把握するために見るべきか、心の平穏を保つために、目を逸らすべきか。しかしどちらにせよ「表」にいるのだから、名前が呼ばれなかったことくらい、わかっているのだ。私はいちばん、人気がなかった。

前回の上野はデビューしたてで、作家や編集者を始め、書店員仲間や書店の常連客まで足を運んでくれた。それは、掛け値なしにうれしいことだった。だが彼らのほとんどは、一度観れば満足する。そういうものだということは、過去にバンドをやっていた経験上、よくわかっていた。

当時はチケットの厳しいノルマがあったから、無理を言って二度三度ＬＩＶＥに来てもらっていた。だが、次第にお互いの心が削れ、楽しいはずの音楽が濁っていく。もうああいうのは嫌だった。今はノルマもないから、「また来てね」なんて苦しめることを言うつもりもない。

そのくせ、正の字が埋まらないことがもどかしい。劇場に貢献できず、申し訳ない。ストリップ業界を盛り上げられたら、なんて雑誌のインタビューで答えたことが、今になって恥ずかしい。現状の自分は、他の踊り子やお客に、正の字表を見られたくない、恥をかきたくない、という思いに囚われている。まるで自分のことしか考えていない。

だが、そんな心の揺れに飲まれるほど、私は純粋でかわいげのある人間でもない。この人は、ここでいったい、何をしようとしているのだろう。何を期待して、何に気をもんでいるのか。人気のない踊り子だという事実を、なぜ恥だと思っているのか。

興醒めなことに、そうやって自分に目を凝らす私が、私の本体なのだった。だから私は本当の意味で反省しないし、本当の意味で傷付かない。そんな人間が書くものは、ドラマティックになりようがない。

営業再開後のシアターUは、感染拡大を防ぐため、あらゆる対策が講じられていた。ステージが終わるごと換気され、ソーシャルディスタンスを保つため、本舞台に近い席はテープで封鎖する。お盆正面の最前列は、フェイスシールドの着用をお願いしていた。

梅雨の前に夏が来たような陽気で、ただでさえ暑苦しいマスクに、汗で曇るプラスチックのカバーが顔全体を覆うなんて、不快指数はMAXだ。それでも通常通りのお金を払って入場してくれるのだから、たとえ自分を観に来たわけではなくても、深く感謝すべきである。

だが、女である自分が裸になって、媚を売るように体をくねらせても、ここにいるほとんどの観客にとっては、退屈な前座でしかないという事実が、私の心を冷やしていく。席に荷物を置いて、目当ての踊り子の出番まで出掛ける人もいる。たとえ座ってくれていても、舟を漕いでいる。

いちばんの見せ場で、TVのCMみたいに手洗いへ立つ人もいる。そんなこと、どんな踊り子でも、経験はあるのだろう。女性が裸になれば、男性は息をのんで見惚《みと》れるものという思い込みが恥ずかしい。それは、自分の身体を魅力的だと思うか思わないかとは関係がない。

どんなに自分の身体が嫌いでも、見られれば悲鳴を上げる権利はあると思っている。そういうものだと、いつの間にか刷り込まれていた。女子の裸を見た男子は喜び、見られた女子は損をする。だから女子が脱ぐという商売が成り立っているのだと。

しかし、ストリップはどうも違うのだ。裸を観て興奮したい人だけではなく、裸を見るより踊り子という活動を応援したいという人がいる。むしろそういったお客のおかげで成り立っている。

もちろん、お客ひとりひとりに様々な目的があり、それに優劣を付けるつもりはない。だが、コロナが完全に収まったとは言えない中、せっせと劇場に通ってくれる常連客は、踊り子を「裸の女」ではなく、たまたま裸の「踊り子」として見ているような気がした。

そりゃ裸になればおっぱいも見るし、脱いだばかりのパンツが飛んでくれれば、飛び上がってでもキャッチする。きれいに化粧した顔や、煌びやかな服装だけを見て、勝手な想像を膨らませているだけなのかもしれない。でも、それだけではない気がしてならない。

あるテレビ番組から取材依頼があった。書店で働く姿と、舞台で踊る姿を撮りたいという。正の字が欲しい私は、それもまた一過性のものとはわかっていても、テレビの効果を期待する。まだステージを観たことがないというので、一度上野に足を運んでもらって、終演後には、喫茶店で打ち合わせをした。そのときに感じた小さな違和感を、普段の私だったら見過ごさなかっただろう。

数日後、一日かけて三回分のステージを撮影する予定だったが、一回目で撮れたと言って、撮影班はさっさと帰っていった。次は最終日、劇場から出たところを密着して自宅まで、という予定だ。どうも先方が撮りたいものは、実際の私にないもののような気がする。

両親に大切に育てられ、十分な小遣いをもらい、望み通りの進学をさせてもらった。そんな娘が、何故ストリップ嬢になったのか。そこに誰もが納得する理由などないのである。

強いて言えば、そういう世界が好きだったからだ。それじゃドラマにならない。「取材を続けるうちに、撮られたくない面も引き出してしまうかもしれない。それが期待されている番組だから」。打ち合わせで言われた言葉が、ふと頭に思い浮かぶ。実家に帰ってみたらどうだろう。数年前に突然家を出てから、一度も連絡をしていない。憎しみがあるわけでも、心配されたいわけでもない。ただ、私を無理に探そうとしないところに、彼ららしい優しさを感じて、いたたまれないだけだ。

愛情を与えられても、その相手に全く愛情を持てないことなんて、いくらでもあることだ。だが、それが親子の場合、ややこしくなる。底が破れた鍋みたいな相手に愛情を注ぎ続けるって、どんな気持ちなのだろうか。

自分の中に会いたいという気持ちが一切ないのに、エンターテインメントのために両親を利用しようと、一瞬でも思いついたのである。確認すると、番組のギャラは出ないという。それなら、私はストリップ劇場の正の字のためだけに、両親を利用しようとしたことになる。そりゃあんまりだ。そう思えたことで、正の字の呪縛も解けていった。もう取材を受ける理由はない。

これから私は、何を目的に踊るのか。踊っている間なんて何も考えちゃいないのだから、正確に言えば、踊り子の看板を降ろさずにいる目的だ。それは続けないと、見えてこない。だからとにかく、踊れ。本体の私としては、その時々で見せてくれる心の景色が、実に楽しみなのである。次の上野の楽屋が「表」なのか「裏」なのか。割り振られるルールは謎だが、それすら、今からわくわくしているのである。

第十四話　二〇二〇年八月二十二日

予約が二年待ちの居酒屋に行けるはずだった。過去に三度、紛れ込ませてもらったことがある。メニューはおまかせコースのみで、二十名が限界の小さな店を借り切るのだ。緊急事態宣言は解除されたものの、七月に入って感染者が増加している状況で、その日は定員を十名に絞るという。

メンバーのほとんどは出版関係者だが、とにかく美味い酒と肴《さかな》が好きな人だけが集まっているから、気疲れもない。この季節だと、鮎の塩焼きに生牡蠣、揚げたての穴子に蒸した蛤、豪勢な刺し盛りに鯨ステーキも味わえるだろう。〆は自家製の漬け物と熱々の味噌汁。自粛期間を含め、外食に飢えていた私は、今日を心待ちにしていた。

しかし当日の朝、通勤電車に乗ったところで、悪い予感がよぎった。日比谷駅に着くまでじっくりと考え、タイムカードを押す前には、主催者へキャンセルの連絡を入れた。当日のドタキャンなんて最悪だ。もう二度と誘ってもらえないかもしれない。

だが、数日後には福井へ向かう。デビュー週以来のAミュージックだ。あの大きな劇場が、二階席の奥まで満席になるところを、いつか舞台から見てみたい。そのためには、こんなところでしくじるわけにはいかないのだ。

入院してからの樹音姐さんは、いつも私の心配をしていた。自粛期間中、スーパーへ買い物に行ったと言えば、レジの混雑をニュースで見たと心配し、夜中にジョギングがてらコンビニへ行ったと言えば、女の子に夜道は危ないと言って、私を驚かせた。そんな発想が、私には全くない。

姐さんが最も心配するのは、私がコロナに感染して、症状に苦しむことである。病院から身動きが取れないことが、もどかしそうだった。しかし私が危惧するのは、感染が判明して、舞台に立てなくなることだけだった。いつだって、自分のことしか考えていない。香盤に穴を開ければ姐さんの顔を潰すことになるが、そこまで考えが及ばないのが、私という人間であった。

どの劇場も、舞台と客席のコロナ対策は講じているが、楽屋はほぼ、いつも通りだ。踊り子たちが、同じ空間で何時間も共に過ごす。まさかマスクをしたまま化粧はできないし、狭い部屋をビニールで仕切るなんて不可能だ。楽屋でクラスターが発生すれば、ストリップ業界が大きな打撃を受ける。刺し盛りの大皿を抱え、赤らんだ顔で満面の笑みを浮かべている宴会写真なんて、拡散されようものなら、事実はどうあれ、踊り子生命は終わりである。

仕事やお金に執着しないおかげで、ずいぶん気ままに生きてきた。あらゆる責任から逃れ、面倒なことになったら、すべて捨てて消えればいいと、今だって本気で思っている。だが、踊り子の仕事は続けたい。そのためには健康な体と、劇場が営業できる状態が必要で、その両方が今、コロナに脅かされている。

飲み会に誘ってくれたのは、久々に会った主催者の女性が、私の変わり果てた体に驚いたからだった。休業期間中に、どれくらい体重が落ちたかは知らない。体重計を持っていないからだ。Aカップのブラジャーはブカブカで、頬がこけた顔には、見たことのないシワがうまれていた。ストリップの山場となる、足を高く上げたポーズを取れば、支える肩の骨が床に当たって痛い。あきらかに、脂肪が足りていなかった。そんな私になんとか美味しいものを食べさせようと、彼女は誘ってくれたのである。SNSに上がる写真を見ても、そんな心意気は伝わらないだろうけれど。

休業明けのシアターUで、イレギュラーに長い十八日間、そして十日間の書店勤務を挟み、Yミュージックで十日間、私は全力で踊りきった。その頃には、ますます脂肪が落ち、足や背中の筋肉が発達した分、まるで少年のような体型になっていた。公演中、心配したお客から弁当の差し入れもあったが、うまく体に肉が付かない。そんな状態は樹音姐さんの耳にも届き、姐さんのファンからケーキやアイスクリームの差し入れも増えた。だが、仕事を終えたあとも、筋トレとダンスの練習を止められない。

もともと私は、肉の薄い中性的な体が好みなのだ。腹筋が割れ、鎖骨や肋骨が摑めるほど浮いた体は、誰がなんと言おうと、かっこいい。しかし観客を不安にさせては、娯楽にならない。私がやりたいのは、踊り子という「仕事」なのだ。ストリップはもう、私の趣味でも娯楽でもない。

ちょうど大和に乗る頃、『Ｍａｙｂｅ！』という雑誌が発売された。私のステージで初めてストリップを観たまんきつさんが、体験記マンガを描いたという。それはもう、まんきつさんらしい独特の視点と飛躍による、愉快な内容だった。楽しんでもらえたようで、何よりである。だが、最後から二つめのコマで、ふと考え込む。私のそれがどんな色に見えたかはわからないが、もし彼女が踊り子デビューするなら、性器をピンク色に変える必要があるらしいのだ。もちろん冗談だろうが、なぜ変えたいのだろうと、考え始めたら止まらない。

乳首や性器がピンク色であることを喜ぶような男性の期待に、なぜ女性は応えようとしてしまうのか。踊り子でなくとも、その悩みを抱える人は少なくない。踊り子になって、お客の好みは、てんでバラバラなのだ、と思い知らされた。胸の大きさも、陰毛のあるなしも、化粧の濃さも髪の色も、全ての要望に応えることは、土台無理なのである。

私は深刻さが欠落した人間だ。飲み会に伴う危険性だって、当日の朝まで気付かないほうがどうかしている。そういう危うさを知っているから、樹音姐さんは心配が絶えないのだろう。これから私は、お客のニーズをどこまで聞いて、舞台に反映していくのか。それで私は幸せなのだろうか。そもそも、踊り子の幸せとは何なのだろう。そんなことを、荷造りしながら考えている。

第十五話　二〇二〇年九月二十二日

それは雨降りの平日、七月の中旬にしては肌寒い夜だった。こんな日は、観客と踊り子の数がたいして変わらないこともある。開演後しばらくすると、宿の浴衣を着た温泉客たちがぱらぱらと舞い込んだ。ステージから「どこの旅館ですか？」などと話しかける。なんとか二回目の公演まで場を繫ぎたい。客数が増えない場合は、一回で終わってしまうこともあるのだ。

今回のAミュージックは、出演する三人の踊り子の中で、いちばんペーペーの私がトリだった。通常、最も人気のある踊り子が最後の演者となる。前回のYミュージックで「いつかトリを務めてみせます！」と社長に宣言したのだが、もちろんその「トリ」とはワケが違った。新人に経験させてあげるための「トリ」である。

温泉地の一見さんなら贔屓《ひいき》の踊り子がいないため、文句も出にくいだろう。しかしストリップを観たことがなくても、紅白歌合戦のように、最後に出てくるのはよっぽどのベテランか、実力のある踊り子なのかと期待はするはずだ。私がそれに応えられるとは、到底思えなかった。

二番目のお姐さんのオープンショーが終わる。「最後までお楽しみくださ〜い」と客席に呼び掛ける声が聞こえた。緞帳を少し持ち上げて待ち、「お疲れ様です」を交わしたら、入れ違いに暗転したステージへ出る。静まった場内に、天井のトタンを叩く雨の音が響いていた。

これから踊る演目は、素肌に黒いジャケットを羽織り、吊りベルトの黒い短パンと、腿まである黒いロングブーツを合わせた衣装だ。踊り子としては極めて地味な衣装だし、新人らしい初々《ういうい》しさもない。ユニセックスなスタイルは、好悪も分かれるだろう。自分で作ったくせに、いまいちやりきれていない演目だった。

恋をする女の、ドロリとした感情がテーマなので、出だしの音楽も照明も暗い。そのせいで、私からは客席がほとんど見えなかった。それでも、樹音姐さんをイメージして背筋を伸ばし、まっすぐ前を見て踊り出す。どんな時でも、絶対に手は抜かないと、それだけは心に決めてデビューしたのだ。

それにしても何だ、この違和感は。踊りのカウントを間違えているような、そもそもここに立っていることが間違いであるような、遅刻して間違えた教室に飛び込んでしまった時のような、不穏な空気を感じる。明らかに何かが違う。曲調が変わって照明が明るくなると、がらんとした客席が目に入った。どこだ。観客はどこにいる。

一階と二階で百席以上ある座席を、隅々まで必死に目で舐める。あの奥の暗がりか、それとも二階席か。さっきはそこに一人いたはずだ。さらに曲が盛り上がり、花道を進もうとした瞬間、テケツに居たはずのオーナーが走ってきて、踊る私を遮った。「今日は、もうここで止めよう」。まだ音は鳴っていたが、確かに彼はそう言った。私は間抜けにも、誰もいない客席に向かって踊っていたのである。

楽屋に戻り、姐さん方に事情を話す。情けなさで、消えたかった。一回目のステージで、もう一度私を観たいと思わせることができなかった結果が、これである。ところが、いちばんベテランのお姐さんが、私も経験があるよ、と何でもない風に言った。すぐにおかしいと気付いたそうだ。誰もいない客席は、空気が違う。経験したばかりの私は、そのゾッとするような感覚を思い出した。舞台における観客の存在は、想像より遥かに大きかったのだ。

自分が観客だった頃は、舞台に立つ人がいるから、客席に自分の居場所ができると思っていたけれど、ステージに立てば、観てくれる人がいるから、舞台に立つことができると思える。最後まで踊れず、硬くなっていた心は、いつしかまたやる気に満ちていた。

踊り子としてステージに立った回数より、書店員として主催し、登壇したトークイベントのほうが、まだ圧倒的に多い。前の会社ではイベント担当として働いていたこともあり、一時期は、日に二度も開催することがあった。コロナウイルスの影響で、以前のように書店イベントの開催ができない今を、残念に思うと同時に、どこかホッとしてもいる。

対談形式のトークイベントは、開催が決まった瞬間が「嬉しい」のピークだ。あとはもう、集客のための宣伝と、チケットやポスターなどの準備に追われ、当日はひたすらドタバタと過ぎ、楽しむ余裕もない。満員御礼ならそれも酬《むく》われるが、必ずしもそうとは限らないのが、水ものと言われるイベントだ。

サイン会の事前予約が百名だったのに、当日は半分しか来ないこともあった。トークイベントの観客が数名しか集まらず、しかもそのうちの一人が、登壇する作家の奥さんというイベントもあった。彼女は一番前の真ん中の席に座って、熱心に頷きながらトークを聴いていた。しかし、そんなことは自宅の居間でもできるだろう。

私は一体、会社にお金をもらいながら、何をしているのか。これはなんの茶番だ。そう思うのに、貴重な経験をしている、となぜか得したような気にもなっていた。今思えば、それらの経験が、日々集客数を問われる、踊り子という特殊な仕事に役立っている。さすがに途中で観客がいなくなる経験はなく、動揺してしまったのだが。

七月下旬は、Aミュージックからそのまま上野へ荷物を送り、シアターUで踊った。二十四日が誕生日なので、いつもよりは、正の字が増えるかもしれない。ストリップ業界は、踊り子の誕生日やデビュー日を大事にする。特に、デビューした日を毎年祝う「周年」は、ファンや踊り子仲間から花輪や花束が届き、踊り子自身も、周年作を発表したり、オリジナルTシャツを販売したりするお祭りだ。そこまでではなくとも、誕生日もちょっとした祭りなので、ぜひとも七結は上野に乗りたかった。

あわら最終日の翌日、朝五時の始発に乗って上野に乗り込むと、さっそくお花がいくつか届いていた。公演期間中は、ホールケーキをいくつももらったり、ピザやお寿司の差し入れがあったりで、ただでさえ狭い楽屋は、食べ物で足の踏み場がなくなった。だが、通常なら明けているはずの梅雨が長引き、都内の感染者数は、もう昨日より増えたんだか減ったんだかわからないほど膨大な数で、全体的な客数は落ち込むいっぽうだった。

それはまた雨降りの平日、七月末の蒸し暑い夜だった。最終日を明日に控え、特にイベントもないこんな日は、がくんとお客の数が減る。夕方になると、お姐さん方の常連さんが、ぱらぱらと舞い込んだが、私の正の字は増えなかった。それでも、今まででいちばん上手に踊れた。お客の心が動いたような手応えもあった。しかし撮影タイムになると、誰も席を立たなかった。

「よかったらいかがですかー」と立ちつくす私はみじめで、舞台の高揚もしゅるしゅると消えていく。「それじゃあ本の宣伝でも……」と言いかけた時、トリを飾るお姐さんがお札を片手にステージ脇から飛び出てきて、私の写真を撮りたいと言った。本来はありえないことである。もしかしたらルール違反なのかもしれない。でも、私はそれと全くおなじことを、この先、誰かに姐さんと呼ばれる立場になったときに、してしまうかもしれないと思った。追いかけるように、トリの前のお姐さんも出てきて、ツーショットの写真を撮る。

自分のお客さんにまではっぱをかけてくれたおかげで、写真はたくさん売れた。お姐さんたちが撮ってくれても、根本的な解決にはならない。写真が売れない踊り子に仕事は来ないのだ。しかし、そうしたいと思ってくれたことが、どれほどの励みになることか。情けなさでも恥ずかしさでもなく、泣けた。ただ嬉しくてたまらなかった。

誕生日週である七結の上野は、目に見えるものも見えないものも、抱えきれないほどいただく日々であった。

第十六話　二〇二〇年十月二十二日

一日四回公演の大阪・K生ショー劇場で、最終回が始まる頃になると、必ずやって来るお客がいた。四十代くらいの男性で、顔見知りが多いのか、ロビーで見かけると楽しそうな笑顔を見せている。

だが二番手の私が舞台に立ち、踊り始めても笑い続けている。悲しい曲調になっても、彼は肩を揺すっていた。失った恋を忘れられずにのたうち回っても、忘れることを諦めて天を仰いでも、大爆笑である。私は彼がおそろしかった。

舞台袖で素早く衣装を着替え、お浄めスプレーを噴射する。踊り子の間で人気の、天日塩入りフレグランスだ。客席に苦手なお客がいたり、写真タイムで嫌なことを言われたら、シュッと吹いてお祓《はら》いをする。気休めかもしれないが、好きな香りを嗅げば、少なくとも気分は変えられる。

ラストの曲の、歌が始まるタイミングに合わせ、大きく足を踏み出した。絶望から立ち上がり、新しい出会いに喜びを爆発させる。今日以上に幸せな日なんてない、という顔でステップを踏んだ。すると彼は、組んだ腕を解き、笑いながら手拍子を始めた。しかし、こちらの踊りを惑わすほど、タイミングがズレている。

もしやこれは、俗に言う「手を叩いて笑う」という状態だろうか。そうと気付けば、足がもつれるほど動揺した。人が必死こいて踊り、大汗をかきながら足を広げたり持ち上げたりすることの、何がそんなに可笑しいのか。

お笑い要素を盛り込んだ、笑いありエロスありのストリップショーを得意とする踊り子もいる。だが、そんな高度なことを目指すほど、私は身の程知らずではない。小説と同じで、意図して人を泣かせることより、笑わせるほうがよっぽど難しいのだ。その証拠に、世のベストセラーは「泣ける」小説ばかりである。

「笑える」と謳った小説を読んでも、相手が笑わせようと思っている事実が邪魔をして、読者を白けさせる。笑いとは、意外と繊細な感情なのだ。私ができるとしたら、笑わせることではなく、笑われることとくらいだろう。

しかし、たった一人のお客に笑われただけで、このざまだ。なんて脆《もろ》い精神か。ダンスがお遊戯会みたいで噴飯《ふんぱん》ものなのか。私の年齢を知っていて、頭に花なんてつけた痛々しさを笑っているのかもしれない。こっちだって、似合っていないことは百も承知だ。私は被害者の気持ちで、青い花をもぎ取った。

撮影タイムになると、彼は姿を消す。ロビーに出て、煙草を吸っているようだ。写真を撮らないことは、わかりきっている。気持ちは晴れないが、上野で姐さんたちに教わったことを思い出した。誰も私の写真を撮らない、いわゆる「ゼロポラ」の回でも、そこで暗い顔をしたりふてくされたりしては、いつまでたってもゼロ枚だ。

そういう時もあれば、今日みたいな日もある。行列は入り口近くまで伸びていた。どん底を知っているので、一枚撮ってもらうだけで、福引きの鐘を両手で打ち鳴らしたいくらい嬉しいのだ。

だがオープンショーで、また叩き落とされる。座席に戻っていた彼は、相変わらず可笑しそうに笑い、私にチップを差し出したのだ。写真二枚分の、千円札。

「笑わせてくれてありがとう」という意味なら叩き落としたい。しかしどんな意味であれ、踊り子にチップを受け取らないという選択肢はなかった。受け取ったお札に、お浄めスプレーを吹きかけたことは言うまでもない。

初めて乗る劇場の最初の舞台は、うまくいかなくて当然である。Aロック座を除けば、ストリップにリハーサルなんてものはない。照明の指示だって、その場で紙に書いて渡すだけで、ぶっつけ本番が当たり前だ。

舞台の盆が回ることは噂で聞いていたが、初めてのそれは、思ったより大きく揺れ、静止するポーズはことごとく失敗した。絨毯《じゅうたん》敷きのステージは、剝き出しの肘や膝を守ってくれるが、つま先が引っかかって、隠しようのないほど盛大にズッこける。勢いよく足を開脚したら、絨毯と臑《すね》の摩擦で、思わず「アチー！」と叫ぶ。

そして三半規管が弱い私は、目を回して盆から客席に落下した。顔面を座席に強打したものの、奇跡の無傷で生還。しかし、それで終わりではなかった。

舞台背面は壁ではなく、伸縮性のある黒いベルトが幾重にも張られている。その隙間から、それこそ手品ショーのように出入りできるのだが、初めての私は、複数のベルトに手足と頭を搦め捕られ、まさに網にかかった獲物のような恰好で、ステージのラストを迎えてしまったのである。消えてなくなりたい。その前に、舞台から消えたい。それが演出かどうかもわからない照明さんは、その情けない姿にもスポットを当てるしかなかった。

撮影タイムの直後、舞台袖の低い天井に後頭部を強打したせいで、ボーッとしていたのだろう。なんとかオープンショーを終え、衣装や小道具を片付けていたら、舞台に立った次の出番のお姐さんから、私のパンツが勢いよく投げ返されてきた。

踊り子は次から次へと登場し、その間に舞台整備や清掃が入ることはない。だから出番を終える前に、必ず舞台に忘れ物はないか、汗が落ちていないか、踊り子自身が確認をしなければならない。そこまでがステージだと、樹音姐さんにもしっかり教わったはずだった。もし拾い忘れたのがパンツではなく、ピアスだったら。それを踏んだ姐さんが、足裏を怪我したかもしれない。それだけは、あってはならない。笑われることがなんだ、と気を引き締めた。

姐さん方に励まされ、慰められ、なんとか大怪我もなく「楽前」を迎える。ストリップの世界では「千秋楽」という言い方はせず「楽日」という言葉を使うことが一般的だ。だから最終日の前日は「楽前」である。私のパンツを投げ返してくれた姐さんとも、一緒に焼き肉を食べに行ったり、衣装を譲ってもらったりして、だいぶ会話ができるようになっていた。そこで私は、客席に私を笑う悪魔のような人がいること、それが気になって、思うように踊れないことを打ち明けた。

そんなことを気にしていたのかと、私より十ヵ月デビューが早いお姐さんは笑う。なんのことはない、彼は誰が踊っても、爆笑しているそうだ。一見そうは見えないが、ロビーで酒を飲み、常に泥酔状態だという。

笑い上戸《じょうご》だとしたら、箸が転んでも笑うのだから、そりゃ私が踊っても笑うだろう。写真を撮らずにチップを渡すのも定番だという。楽しい時間を過ごした、彼なりのお礼なのかもしれない。なんなんだよもう。気の利いたオチにもなりゃしない。

K生ショー劇場では、初乗りということで、たくさん写真を撮ってもらった。その時に、私の書いた本を持ってきて、サインが欲しいという人も多かった。そんな中、リクエストから新しく生まれたポーズがある。寝そべった状態で自分の本を右手に持ち、裸の右胸に押し付ける。そして左腕で左膝の裏側を抱えて持ち上げ、さらに左手を股間に伸ばす。それが「新井スペシャル」だ。

そのエロポラ（デジカメでもそう呼ぶ）を、何も知らない人が見れば、私自身や本そのものを侮辱しているように見えるかもしれない。

実際、そういう劣情を煽るようなポーズなのだろう。だが、彼らは列に並んで順番を待ち、多くの人が見ている前で、お金を払って写真を撮っている。隠し撮りや、無理強いとは違い、尊厳を重んじて、被写体との会話も楽しみたいと思っている。

あの空気を体感していないと理解しにくいかもしれないが、あくまでも人と人とのコミュニケーションなのだ。好きなポーズをお願いできるし、嫌なポーズは断ることができる。撮ってあげているのでも、撮らせてあげているのでもない。思ったことをぽんぽん口に出す人が多い大阪では、特にそれが実感できた。

写真の中の私が哀れに見えるとしたら、それは見る人が、私を哀れだと思いたいだけなのだろう。

第十七話　二〇二〇年十一月二十二日

《タクシーに乗ったら新井どんが乗ってきて、疲れたと訴えてくる夢をみた。元気かい？》そのＬＩＮＥが届いたのは、十月も五日が過ぎた頃だった。友人曰く、私はそれを訴えるだけ訴えて、すぐタクシーから降りていったそうだ。

九月末までの十日間、私は神奈川県のＹミュージックにいた。自宅から通うこともできたが、妙に気の合う姐さんと終演後の銭湯に行きたいがため、楽屋に泊まり込んでいたのである。往復三時間の移動がないことで、体力的に楽ではあったが、泊まれば泊まったで一人の時間は減り、読書も原稿も思ったようには進まない。じわじわと焦りながら、楽日を迎えたのである。

十月の頭からは、福井県のＡミュージックで、初めての「ロング」だ。ストリップは通常、十日間で仕事をもらうが、あわらは交通費を考えて、その倍の二十日間で乗る踊り子が多い。しかし私には、別の仕事もある。九結の大和から十頭・十中と続けば、書店に一ヵ月間立てなくなる。翌月、翌々月に売りたい本の手配が一切できず、戻ってきたときにはもう、リカバリーすることも難しい。そんな状態で、現役の書店員と言えるのか。

そしてさらに問題なのが、連載の締め切りだ。私の場合、月の頭に何本か固まっており、それさえ片付ければ、しばらくは心安らかに過ごすことができる。だが三十日間びっしり踊り子業となると、事前に片付けておくにも限界がある。今までは、その間にやってくる締め切りの分をなるべく片付けてから、劇場に乗り込んでいた。踊り子でいる間は、全力でそれに力を注ぎたいのだ。それが叶わないことが、これほどしんどいとは思わなかった。

金沢行きの新幹線の中で、一本エッセイを書きあげた。だが、芦原に着いてからは毎日何かしらの予定があり、せっかく開演時間が遅いのに、出先から戻ればもう、化粧を始める時間だ。集客により公演の回数は変わるが、最大の三回なら、終演はてっぺん近くになる。

そこから合宿のように晩ご飯の支度をして、踊り子みんなでワイワイ食卓を囲み、近くの温泉に出掛けて湯に浸かれば、就寝が午前三時を過ぎるのは当たり前の日々。早く起きて原稿を書き始めたところで、昼前にはもう、出掛ける予定が入っている。

まず肌が荒れた。身体の疲れは感じないが、常にイライラして、何も心に響かない。でも、いちばん好きな「芦原荘」の塩《しょ》っぱい湯に浸かると、五感がよみがえった。それ以外はもう、心ここにあらずだったけれども。

いくら手早く化粧を終えたとはいえ、別の仕事である執筆を楽屋で行うことに、躊躇いはある。

用があっても話しかけにくくなるだろうし、私は忙しいんです、という態度は、見ていて気持ちのいいものではない。だが、それがわかっていても、ここでやらなければ、マジで間に合わない。

毎日温泉に浸かっても肌荒れは治らず、今度は他人の足音が気になり始めた。私はあまり足音をさせずに歩く。ドスドス歩くこと、大きな音を立ててドアを開け閉めすること、壁越しに人が寝ているのに、コンセントを乱暴に引き抜いたり、鼻歌を歌ったり、電話をしたり、食器をガチャンと置いたりすること。どれも私はしない。ただ、他人がするのを止めさせようとは思わない。面倒くさい。私も、他人が嫌がることを無意識にしているときだってあるだろうし。だけど今は、今だけは、勘弁して欲しかった。そしてこの温泉街には、二十四時間営業のマクドナルドも、朝までいられるネットカフェもない。車がなければ、私はどこへ逃げることもできないのだ。

何か決定的なことを言ったりやったりしてしまうことを恐れ、私は極力口を閉ざし、みんなで買い物に行くことも、外にごはんを食べに行くことも止めた。日中は、誰にも会わなそうな喫茶店で、ひたすら原稿を書き続けた。こういう時に限って、どうしても断りたくない、魅力的な執筆依頼がいくつも舞い込み、書いても書いても終わらなかった。もう、限界なのだろうか。踊り子デビューしてたった八ヵ月弱で、私は弱音を吐くのか。

いいや、まだ吐いていない。様子がおかしいことは周囲に伝わっているだろうが、弱音を吐いたのは、友人のＬＩＮＥへの返信だけだ。

《それは俺だ。》

ずっと人といることに、私は疲れていたのである。そもそも、そういう人間だったではないか。料理をするのは自分のため。食べたい物があれば、速やかにひとりで食べに行く。友人ではない人と食事をすると「いっぱい食べるね」と驚かれる。「どうしてそんなに痩せているの」と羨《うらや》ましがられる。もううんざりだ。うるせえうるせえ。いちいちうるせえんだよ。

葉物野菜は買い溜めしても、あっという間に萎れてしまう。ごはんは長時間保温するより、こまめに炊いたほうが美味しいに決まっている。頼むから豚肉はしっかり焼いてくれ。そう、苛立ちが最高潮に達したのは、あの豚を焼いた日だった。

とても世話になっている人から、楽屋に差し入れが届いたのである。樽に入った、上等な豚肉の味噌漬けが。それを、料理が得意でない人の手で焼かれてしまった。豚肉の脂の部分をバッサリ切り捨て、おまけに中がまだピンクの生焼けで、必要不可欠の焦げ目がない粘土みたいな豚肉が、食卓に並んだときの絶望たるや！　楽しみにしていたのに！　特別な豚肉だったのに！　その脂が美味いんじゃないか！　あなたは脂を嫌いかもしれないが、これはあなただけの肉ではない。どうして勝手に!!

私は自分の中に、ぶわりと凶暴な怒りが湧き上がるのを、まるで他人事のように、はっきりと感じた。豚肉ごときで大人げないのかもしれないが、グーで殴って昏倒させ、馬乗りになってタコ殴りにしてやりたかった。でも、しなかった。誰かに不満を言うことすら、しなかった。怒りより、悲しみが全てを萎えさせた。

大人数での食事にありがちな、食べ物をいちばん美味しい状態で食べないこと、食べきれないほど作ったり買ったりして無駄にすることが、私は本当に嫌なのだ。よりによって、私宛に送られた豚肉を全て使ってしまうなんて。

しかしそんな時でも、頭の片隅では、書くためにこれを経験しているのではないか、と考えている自分がいた。そりゃ怒りに身を焼かれないわけである。そして本当にこうして、書いている。

スケジュールが決まったときから、そんな予感はしていた。三十日間、私のような不安定な人間が、平穏に過ごせるとは思えなかった。今までだって、十日の間には必ず浮き沈みがあり、たまたま運良く、乗り越えることができただけなのである。

私はあと二週間近く、ここで何事も起こさずに過ごすことができるのだろうか。

もしかしたら、今活躍している姐さんたちも、こういうギリギリの状態を何度も乗り越えて、舞台に立ち続けているのかもしれない。乗り越えられずに消えていった踊り子だって、星の数ほどいるはずだ。過去を笑い話にして、まだ踊り続けているかつての仲間に、複雑な思いを抱いているのだろうか。

そういうかっこ悪い傷は、もう負いたくなかった。感情的になってバンドを中途半端に辞めたことを、二十年近く経った今でも引き摺り、いまだに同年代のミュージシャンを正面から見ることができない。かっこよければかっこいいほど、悔しくてひっくり返りそうになるのだ。今度こそ、こんな中途半端なところで消えてたまるか。

そんなことを考えている内に、この原稿が書き上がっていた。これが抱えていた締め切りの、最難関だったのである。

あぁスッキリした。明日からはまた、いつも通りの「見枝香ちゃん」をやっていけるだろう。足音も豚肉の生焼けも、何がそんなに嫌だったのだろうと、笑い飛ばせる。友人の夢にまでお邪魔することもない。数日経てば、私の様子がおかしかったことなんて、みんな忘れるだろう。

でも、なかったことにはできないように、書いた。みんなが忘れても、私はそれを、忘れてはいけない。きっとまた私は、同じようなことを繰り返すから。人を憎み、自分を嫌いになって、全部ぶち壊してしまいたい衝動は、ずっといつも、心のどこかにあって、消えないのだ。

第十八話　二〇二〇年十二月二十二日

封筒に入った十日分のギャラは、カバンに突っ込んだままだった。満員の地下鉄を日比谷で降り、コンビニで塩むすびを買う。東宝の本社やミッドタウンへと吸い込まれる人波に乗って、真面目な顔でクルッと一回ターンした。今日からしばらくは、書店員に専念する。

十一月の頭は、埼玉県の「ライブ・シアターK」で踊っていた。劇場が駅から遠いため、無料の送迎サービスがある。踊り子も電話をすれば迎えに来てもらえると聞いたが、なんとなく遠慮して、初日はタクシーを使った。運転手が「そうか〜今日は初日か〜」とのんびりつぶやいたので、よくあることなのだろう。金髪でトランクを転がす私は、踊り子にしか見えなかったということだ。なんだかくすぐったい。

劇場の近くには何もないと聞いていたので、コンビニに寄ってもらう。ラッキーなことに、いつも日比谷で行く「セブンイレブン」だ。塩むすびを三つ買う。大和でも芦原でも、私はできるだけセブンイレブンを探して行った。つい旅行のように浮き上がる気持ちを、仕事モードに戻す儀式なのだろう。

栗橋の十日間は、常にそこそこお客さんが入っていた。ご一緒する四人の姐さんたちと、地元の人やストリップファンに愛される劇場のおかげである。ゼロポラ、ゼロ観客の可能性に怯えることもなく、一回一回のステージに集中できていた。男性スタッフが作るまかないは手が込んでいて、近隣の農家からの差し入れだというお米は、ガス釜で炊き上げるというこだわりよう。

楽屋も常に笑いが絶えず、テケツに行けば猫のマロンが遊び相手をしてくれる。心配だった通勤も、下り電車で車両はガラガラ、通過駅の春日部では、クレヨンしんちゃんのメロディーが流れていた。三十分早く着いて、駅から散歩がてら歩くようになれば、田んぼ道に百舌《もず》のはやにえを見つけたり、青鷺《あおさぎ》がすぐ目の前を羽ばたいたり、庭で穫れたかりんを山ほどもらったりと、しあわせを絵に描いたような時間だった。

ところが仕事を終えて上り電車に乗り込むと、なぜか乗り換えの駅で改札を出てしまう。スタバで本を読んだり、マックで原稿を書いたりするわけではない。酒を出す店のカウンターに座って、ただひたすら、ぼうっとしてしまうのだ。牛ほほ肉の煮込みが名物のビストロ、ヤムウンセンの辛さに手加減がないタイ料理屋、旬の魚を丁寧な仕事で出す割烹、二代目の親方と三代目の息子が切り盛りする威勢のいい老舗居酒屋。

楽しかった一日が終わるのを惜しむように、じっくり店を選んで、ちびちび酒を飲み、本当に食べたい物を選ぶ。しっかりお金を使って、お腹も心も満足するまで、腰を上げなかった。

何かを考えるのではなく、考えないようにするための、寄り道だったのだろう。どうしようもないほどの眠気が来るまで、喧噪の中に身を置いた。

楽日まであと数日ともなると、姐さんたちの次のスケジュールを把握しておく必要がある。楽日の翌日から別の劇場での仕事が入っている「連投」の場合は、早めに荷物の一部を送るのだ。そのためには段ボールが必要かもしれず、運送屋に集荷依頼もしなければならない。ネットで調べれば、各劇場の公式サイトや踊り子のSNS、ストリップの情報サイトなどでスケジュールは確認できる。現役で活躍している踊り子は、たいてい一、二ヵ月先まで予定が決まっているものなのだ。

しかしコンサートと違って、ストリップはチケットを予約する制度がない。そのせいか、直前の急な変更があっても、誰も文句は言わない。オフの予定だった踊り子に、急遽依頼が来るのは珍しくないことだ。理由は様々だが、踊り子の体調不良はいかんともしがたい。

半人前の私にも穴埋めの依頼が来た時は、うれしくてつい受けてしまいそうになったが、踊り子のオフには書店のシフトを入れている。それさえなければ、友人と遊ぶ約束も、予約していた美容室もキャンセルして、駆け付けただろう。

基本的に踊り子は、仕事をしたいと思っている。声が掛かるのはありがたいことだ。仲のいい踊り子と一緒がいい。家から近い劇場に乗りたい。冬は温泉地がいい。そういった希望を聞けばキリがないだろう。だが、私の知る限り、テレビ番組で見た「ダーツの旅」みたいに、的に放った矢で自分の行く先が決まるようなことを、なんだかんだ言って楽しめるような人だけが、踊り子を長く続けているように思える。

劇場は、一人でも多くお客を呼べる踊り子を集めたい。うまく揃えば、お客も「神香盤《かみこうばん》」と言って、遠方からでも駆け付ける。出演順を決めるのは劇場だから、最も集客力があって、写真もたくさん売る踊り子が、トリになるのだろう。私はトリの姐さんに、どうしたらそうなれるかと尋ねた。デビューから数年は、なかなか人気が出ず、同期の踊り子に後れを取っていたと言うが、とても信じられない。「たくさんいろんな劇場に乗り続ければ、見枝香ちゃんだってそうなれるよ」という答えにも、釈然としなかった。

私は連投したかった。楽日が近付くにつれ、体は引き締まり、柔軟になっていく。新作のアイデアも生まれ、早く形にしてみたい。しかし次の予定は、決まっていない。来年の一月頭が決まりそうだが、それだって、怪我から復帰した樹音姐さんのサポートという意味で、候補にしてもらえたようなものなのだ。

栗橋で私の次に経歴の浅い姐さんは、今が八連投目で、ようやく次はオフだと言っていた。八十日間休みなしという仕事は相当ブラックのように思えるが、踊り子は仕事を断ることだってできる。毎月のノルマがあるわけでもないし、しばらく休業するのも自由だ。

だが人気の踊り子ほど、断らない。ずっと先まで、隙間なくスケジュールが埋まっている。まだ新人の私も、新人だからこそ、あちこちの劇場に繰り返し遠征して、顔を覚えてもらいたいのだが、どうしたらいいのかわからない。二ヵ月仕事がなければ、せっかく付いた筋肉も、本番で養った感覚も失ってしまいそうだ。

芦原の次に連投で上野と言われれば、始発に乗っても集合時間ギリギリなのだが、キツいなんて言わない。ライブのチケットを取っていても、仕方が無いとあきらめる。連投が続けば、歯医者にも美容室にも行けず、家賃を払っているのにほとんど家に帰らない月もあるかもしれない。十日ごとに東京、地方、東京、地方と移動すれば自腹の交通費も馬鹿にならない。だが、踊り子とはそういうものだ。それでも私は、仕事が欲しかった。

栗橋に乗っている時、小倉《こくら》の劇場が来年の五月で閉館する、というニュースが流れた。オーナーの意向らしいが、コロナの影響が大きいだろう。ストリップ劇場は法律により、新しく作ることは実質不可能と言われている。今ある劇場が閉まるということは、踊れる場所がひとつ、永久に失われるということだ。今後さらに閉館が続けば、踊り子たちは少ない椅子を取りあうことになる。私がデビューしたことを祝ってくれた姐さんたちの頭に、そういう未来が過《よ》ぎらなかったわけはないのだ。

踊り子の仕事が入りすぎれば、書店に戻りづらくなる。いってらっしゃい、おかえりなさい、と笑顔で言って貰えることが当たり前ではないことなんて、わかっている。いつクビになってもおかしくない。そういう現実が、私を現実逃避させる。

封筒に入ったままだったギャラは、楽日の翌日にほとんど使ってしまった。買い物でもギャンブルでもなく、仕事の帰りに寄った歯医者でだ。保険が利かない治療だった。残った数千円は財布に入れて、封筒は待合室のゴミ箱に捨てた。私はお金に執着がない。貯金もしないし、なければないで、ないなりの生き方ができるタイプだ。

書店の出勤日が減れば給料は少なくなるが、いくつか抱えている連載の原稿料は入る。単発の仕事が続けて入れば、それだけで暮らせないこともない。踊り子の収入だけで子供を育てたり、実家に仕送りしている踊り子もいる。

そんな中に私は、ただ楽しいから、やってみたいからと、割り込んできた。誰に求められているわけでもないのに、運の良さだけで、仕事をもらってきた。申し訳ないと思うことの愚かさは十分わかっているが、どこかで胸を張れない自分がいる。

デビューしたのは、樹音姐さんに誘われたからだ。姐さんは、自分が引退するまでに、十人の踊り子をデビューさせるという目標があるらしかった。私はそれをデビューしてから知ったのだが、ステージから女性客を見つけると、踊り子にならないかと声を掛ける姐さんに、複雑な思いを抱かずにはいられない。

姐さんがなぜそれを使命と感じているかについては、わからないでもないのだ。新しい踊り子が入らなければ、業界は停滞する。少ないお客を取りあうのではなく、新しいお客を増やしていかなければ、シュリンクしていくいっぽうである。ストリップのことが書かれた古い本には、聞いたことのない劇場が星の数ほど載っていた。ストリップ全盛期と言われる昭和の時代なら、踊り子が千人いたって足りなかっただろう。令和の今だって、ベテランの引退が続いて、踊り子が足りないという声も聞く。人気の踊り子がいなくなれば、劇場の経営は苦しくなるだろう。

私のことを「見枝香姐さん」と呼ぶ踊り子に会ったのは、今のところ二人だけだが、じりじりと焦る。私は私。いくらそう言い聞かせても、他の踊り子のスケジュールが気になる。どうして私は、いつもぎりぎりまで決まらないのか。それはつまり、穴埋め要員だからか。穴を開けるよりはマシな、穴埋め材としての価値しかない。

人は平和になると、こうして余計なことを考え始める。楽屋が息苦しかったり、ステージでみじめな思いをしたりすれば、それどころではなかっただろう。

書店だって、私に期待などしていない。予定が立たないからイベントも組めないし、大きなフェアも企画できないし、もはや自分しかできないことなど、何もない状態だ。責任がないのは楽だが、楽だからこそ、考えてしまう。

無理なのだろうか。だとしたら、私はどちらを取るのか。次々と劇場が減っていく今、踊り子という仕事はいつまであるのかはわからない状態だ。書店だって減ってはいるが、大きな会社に属している以上、唐突に仕事を失い、今日明日に放り出されるということはないだろう。だが、私は安心して暮らすために仕事をしているわけではない。退屈が嫌だから、やりたいことをやってきたのだ。

踊り子稼業は、来年の二月で一周年を迎える。私はそのとき、どんな気持ちでステージに立つのだろうか。

ダーツが面白いのは、的に刺さるからである。刺さりもしないことに怯えているうちは、憂鬱でしかない。

第十九話　二〇二一年一月二十二日

《本屋の新井さんが本屋を辞めた！》というツイートに、思わず《辞めてねぇよ！》とリプライしかけ、ひと呼吸してから《辞めていません》と打ち直した。面識がない人だが、悪意がないことはわかる。私の書いた本を読んで、好意的と思える感想を《著者のエッセイは本屋につとめていようがいまいが変わらない》と結んでいるからだ。

踊り子としてデビューしたことを聞きかじって、早とちりした人は少なくなかった。直接言われればさすがに訂正するが、知らない人にＳＮＳで何を言われたところで、めんどくせぇから放っておく。だが今の私には、見過ごすことができなかった。言わんでもいいことを言って炎上するのは、きっとこういうタイミングなのだろう。

待てど暮らせど仕事が入らないまま、師走に突入しようとしていた。十一頭の栗橋を終えた時点で、一頭の予定しか確定していなかったが、まさか本当に来年まで踊ることができないのか。もし私が専業の踊り子なら、二ヵ月近く無収入である。新しい演目を作るには衣装代がかかるし、練習するためのスタジオ代も、ダンス教室のレッスン代も、全て自費だ。じりじりと待つ無為徒食の日々は、いらんことばかりが頭に浮かび、何もかもが間違いだったように思えてくる。

例年に比べ、暖かい日が続いていたが、急に冬らしい冷え込みがやってきて、休みがちだったホットヨガスタジオに足が向いた。汗だくで太陽礼拝を繰り返すうち、なんだかもう、全てがどうでもよくなってくる。インストラクターも「今は何も考えるな」と繰り返しているではないか。たかが仕事だ。そう思えてきた帰り道、樹音姐さんからメールが届いた。

《大和の穴埋め、急だけど頼めるかな？》

姐さんは私のマネージャーでも、劇場側の人間でもない。最初こそ声を掛けてくれたが、私を働かせたところで、マージンを貰えるわけでもない。その時はたまたま劇場に乗っていて、メールアドレスを知っている姐さんが代理で連絡をしてきたのである。私にこの話が回ってくるまで、何人もの踊り子が断ったことは想像に難《かた》くない。それでも、何も聞かずに《ありがとうございます》と引き受けた。うれしかった。

誰かが体調不良で降板したのだろう。十日間フルで穴埋めできる人が見つからず、一人分の枠を三人の踊り子でリレーして乗り切ることになっていた。私は補欠の補欠の補欠で、万策尽きた、リレーのアンカー。球拾いしかしたことがない一年生がバッターボックスに立ったようなもので、誰も期待などしていない。それでも、入場料は変わらないのだから、出演者が五人より、六人いたほうがマシだろうと思うことにした。

連絡から三日後の朝、書店の早番より早い時間に家を出て、ボストンバッグを載せてグラグラするトランクを転がし、Yミュージックへ向かう。まだ誰もいないだろうと思っていたが、七日分の疲れを顔に浮かべた大ベテランの姐さんが、生活感を漂わせた楽屋でテレビを見ていた。まだ出番まで数時間もあるから、楽屋に泊まったのだろう。

「三日間ですが、よろしくお願いいたします」穴埋めリレーも三人目となれば、新鮮味もない。昨日もいたようなナチュラルさで、簡単な挨拶は終わる。前日までの穴埋めをしていた姐さんは、まるでバトンのように、ペットボトルの水を数本、置いていってくれていた。

《がんば!》というメモが、ありがたい。出演順もそのまま、六人中四番目を引き継ぐ。私が衣装を着込んで楽屋を出る頃、トリの姐さんはとっくに化粧を終えていた。しかし五番目の姐さんが、まだ来ていなかった。大丈夫なのだろうか。

ステージは約十七分。恐怖の撮影タイムは、いつも以上に売れず、一瞬で終わった。私には持ち時間を引き延ばす術《すべ》がない。せめてゆっくりと腰を折って袖に戻ると、五番目の姐さんが、ドレスを半分着たところだった。間に合っていないのに、焦っていないことに驚く。だが、私にできることは何もない。挨拶も後まわしだ。しかしそれ以上の驚きが、楽屋に待っていた。

脱いだ衣装を抱えて引き戸を開けると、茶色い毛だらけの小さな犬が、飛び付いてきたのだ。戸が開くのを待っていたらしい。ここから出たがっている。五番目の姐さんが連れてきたのだろう。外に出せば、ステージまで追いかけて行きそうだ。

大部屋の楽屋を、犬は悲しい鳴き声を上げながら走り回る。忙しそうな姐さんたちに近付いては鼻を押し付けたり、ゴミ箱を覗いたり、落ち着かない。小学生の頃、コリー犬に追いかけ回されてからというもの、犬は苦手なのだが、「ペチ」という名のトイプードルは、こちらの好悪などおかまいなしに、尻尾を振って見上げてくる。誰もこちらを見ていない。映画か何かで観たシーンを思い出して、遠慮がちに手を叩いてみると、たたたと走り寄って来た。

偶然だろうかと思い、屈んで腿を叩いてみれば、なんと躊躇いもなく乗ってくる。信じられない無防備さ。後で気付いたが、飼い主が出番で楽屋にいない時、ペチはそうして甘えたがる。ちゃんと帰ってくることはわかっているが、寂しくて死にそうなので、代わりの人間にまとわりつくのだ。潰さないように抱きしめると、鳴き止んだ。茹でたての空豆みたいな匂いがする。まあこの腕でもいいかと、犬は顎を乗せて力を抜いた。

穴埋めで踊りに来た私は、犬の心の穴を埋めている。どいつもこいつも人をいいように使いやがって、と思いつつ、まんざらでもない気持ちだった。私の手が、ペチの不安を吸い取っているのは確かで、ペチもまた、私の気持ちを宥《なだ》めてくれていた。彼女に、そんなつもりはなかっただろうけれど。

翌日も姐さんは、別のトイプードルを二匹連れて、ギリギリ出勤だ。もしかしたら、昨日私があまりにも嬉しそうに抱いていたからだろうか。真っ黒いくるくるの毛に覆われた二匹は、色違いのオムツを穿かされていた。ペチが産んだ子で、まだ小さいからか、飼い主がいないとペチより大騒ぎをする。

大丈夫大丈夫と抱きしめるより、一緒に遊ぶほうが、気が紛れるようだった。スタメンの姐さんたちは、写真がいっぱい売れるから、サインをするのに忙しい。楽屋で私は、ほとんど犬とばかり喋っていた。

三日目は全員の楽日でもあり、あらかじめ姐さんから「犬は連れてこないよ」と言われていた。私が残念がるとわかっているのだ。人間とは心を通わせられないまま、短い穴埋め期間が終わる。やはり劇場の仕事は、十日間がいい。全員がぎこちない初日から徐々に慣れ、同じメンバーでの共同生活が日常になり、明日も明後日も……、と思いそうになるところで、卒業式みたいな楽日が来る、絶妙な期間。

転校生で不完全燃焼の私は、あっという間に放り出されて、呆然としていた。仕事が入ることを考えて、書店のシフトも入れていない。もうそこには、私が出勤しなくてはならない日など、一日もないように思えた。人数は足りている。当たり前だ。一ヵ月も留守にするようなスタッフは、頭数に入れられない。

コロナの影響は長引き、売り上げだって低迷している。収入は必要だし、本を触りたい気持ちはあったが、自分の都合で無理を言って、会社に負担をかけてはいけない。……という大義名分で、堂々とさぼっていた。この際、行ってみたかった秘湯で長逗留でもしようか。電波が入らなければ、仕事が入ることもない。財布をスッカラカンにして、家賃も払えないくらいになれば、何も思い悩むことなく、食うために働くというシンプルな状態に戻れるのでは。そんな甘いことを考え、スマホで宿を探していると、店長の花田さんからＬＩＮＥが来た。

要約すると《お前いい加減にしろよ》という、尤《もっと》もすぎる説教だった。出勤日数の問題ではない。みんなと一緒に働いている自覚を持て、という話だ。彼女は最初に相談した時から、私の踊り子デビューを面白がって、応援してくれていた。

言いにくいことを言わせるまで甘えた自分を、穴に埋めて踏み固めてやりたい。私は「行ってらっしゃい」と劇場に送り出してくれる職場の仲間を、ないがしろにしてはいなかったか。私が踊り子の仕事に振り回されるのは勝手だが、そんな私に振り回される職場はたまったもんではない。

そんな時に、あのＴｗｉｔｔｅｒだ。早とちりした人が悪いのではない。痛いところを突かれたから、カッとなった。私は辞めていない。でも全然、やれていない。よくご存知で。

コロナで劇場も書店も営業ができない時、私には書く仕事があった。編集者と会わなくても、どこかへ取材に行かなくても、部屋で仕事ができて、収入は途絶えない。ごはんをあげるべき犬も猫もいないし、いざとなれば、この人生からトンズラをこけばいいとさえ思っている。そういうぬるさと自分本位な考え方が、九ヵ月踊り子をやって、仕事がもらえないこの状況を作ったのだ。

あのツイートをした見知らぬ人からは、すぐに謝罪のリプライがあった。そしてこの原稿を書き終える直前、シアターUから着電。十二月十二日の穴埋め、決定。

第二十話　二〇二一年二月二十二日

ストリップ劇場の正月は三番叟《さんばそう》から始まる。その週の出演者から選ばれた踊り子が、厳かな舞いを披露するのだ。新年のお祝いと、今年一年の祈りを込めて、鈴を振り鳴らす。烏帽子《えぼし》などの特別な装束や、鈴を振る独特な動きは、過去に三番叟を踊ったお姐さんから引き継ぐそうだ。

いつか私にも、そんな日が来るのだろうか。服を脱ぐことも、色気を感じさせる要素もないステージだが、ストリップ客にとって、踊り子の三番叟は正月の楽しみなのだ。

アンダーグラウンドな世界に身を置き、女という性でしかできない仕事でお金を稼ぐ踊り子が、巫女《みこ》のような振る舞いで神様にアクセスしようとするなんて、なんだか異様なことのようにも思えるかもしれない。だが、どうも私は神様がそこまで堅物とは思えないのだ。

神事の前に身を清めるくらいは人間として当たり前の礼儀だが、他人様の前で服を脱いだから神様に合わせる顔がない、なんてことはないだろう。人間の行為を単純な善悪だけで正しく判断するのは、いくら神様とて難しい。神様ほどのお方が、様々な事情をご存知ないわけがないのだ。諸々を鑑みて、グレーは見逃すくらいの大らかさがなければ、人間なんて複雑な生きものの面倒は見きれない。

一説では、閉じこもった天照大神《あまてらすおおみかみ》の興味を惹くために、絶世の美女である天鈿女命《あめのうずめのみこと》が天の岩戸の前で服を脱ぎ踊ったのが、ストリップの始まりと言われている。暗闇に包まれた絶望の世に光を取り戻したのが、ストリップショーなのだ。

女性が女性であることを肯定して美しく舞い、某かの成果を得ることは、後ろめたいことでもなんでもない。女性の裸に目を奪われる男性もまた、自分のスケベさを恥ずかしく思うなかれ。神様だって、つい戸を開けてしまったのだし。それに、こちとら目を奪うためにやっているんだから、我慢されても困るのだ。

ところで、Yミュージック劇場で迎えた正月である。三が日は樽酒が無料で振る舞われ、お年玉が飛び交い、豪勢なおせちの差し入れがあったり、艶《あで》やかな着物姿の踊り子が日舞を披露したりで、客席も連日満員御礼だった。コロナでなければさらに人が集まり、劇場の床が抜けるか、天井が吹っ飛ぶかしたのではないだろうか。

零下になるほどの寒さでも、早朝から劇場の前に行列ができているのを見ると、うっかり今の状況を忘れそうになる。神奈川県に二度目の緊急事態宣言が発令されたら、酒を出す売店を併設するここは、一体どうなってしまうのだろう。

年末の二十六日から三十日までは、シアターUの穴埋めだった。クリスマスの後とはいえ立ち見が出るほどの賑わいで、撮影タイムが長引く分、終演時間は遅くなる。年末とコロナで閉店時間を早める飲食店が多く、終演後の踊り子が空腹を満たす場所が「富士そば」しかないという状況だった。それでも、カウンターに並んで姐さんたちと食べた温かいおそばは、終始無言になるほど胃に染みたのである。

大晦日は劇場が休みなので、樹音姐さんたちと寒川《さむかわ》神社へお参りに行った。隣で手を合わせた姐さんが心に浮かべたのは、大切な人たちの健康と、世界の平和だろう。この人は、いつも自分のことを後回しにする。私といえば、そもそも神様に何かを頼むつもりがないので、「どうもお邪魔しております」と頭を下げ、ポーズで数秒手を合わせた。

フライング初詣で参拝客は少なく、青い空が広く抜けた神社を、家族のように思える人たちとのんびり歩く。その中には、A姐さんの姿もあった。A姐さんは元踊り子で、正月だけ樹音姐さんと一緒に、舞台に立つ。

日本舞踊が得意で、着物を縫い上げる腕前もプロ級だ。その衣装を借りて、年賀状用の写真を撮影したが、不慣れな私が着ても、立つだけで様になった。カメラは私のスマホで、シャッターを押すのは樹音姐さんだったが、それでもトップスターの宣材写真に見えたほどだ。

一月一日、「あけましておめでとうございます」と挨拶したメンバーは、年末の上野でも一緒だった樹音姐さんと、三番叟のH姐さん。そして一生足を向けて眠れない、ゼロポラを救ってくれたY.M姐さん。長身痩軀のR姐さんとバレエの素養があるK.A姐さんは、お客時代にステージを観て、骨抜きにされた踊り子さんだ。新年早々、私的神香盤。十日間の楽屋生活は、まるで青山美智子《あおやまみちこ》さんが描く小説の世界だった。

世の中そんなわけはないのだが、彼女の物語の中には、根っからの悪人がいない。もちろん、無神経なことを言ったり、ちょっと後ろめたいことをしてしまう人もいるのだが、様々なピースをうまく填めてやることで、うっかり全員がいい人になって、読者の心まで巻き込んでしまうという、魔法のペンを持っている。

正月の大和は、びっくりするほどいい話しかない。いい話すぎて私の筆では全然面白くならないので詳細は割愛するが、全員が「この十日間、楽しかった！」と思ったことが間違いない日々だった。最終日、H姐さんが「親戚の家から帰るみたいに寂しい」とつぶやいたが、私なんて、小学校の卒業式の百万倍寂しかったのである。

だけど、どうしてもうまくいかない週もある。それは私のせいであるかもしれないし、誰のせいでもないかもしれない。

私は、自分がいい人ではないことを知っている。でも正月の十日間は、いい人でいられた。強い心を持たない私がどんな振る舞いをするかは、どうしても周囲に左右されてしまう。それでも、化学反応みたいに現れた「いい人」を嘘だとは思わないし、できれば全員がそういう状態を保てるために努力したい。そうすることでまた、自分をいい人状態に保てるからだ。

三が日は、楽屋にA姐さんの姿もあった。恐れ多い大先輩のはずなのだが、周囲を緊張させるどころか、樹音姐さんやR姐さんとの漫才みたいな掛け合いで、笑いが絶えない。毎年恒例の樹音姐さんとのチームショーでは、地毛で結う日本髪に、観客の目を潰すほど輝くド派手な着物を纏い、扇を片手に貫禄たっぷり舞い踊る。

脱ぐわけではないのに、会場中の視線を惹き付けていた。そして終演後、相当疲れているはずなのに、着物を着たこともない私に、日本舞踊の所作を教えてくれた。もちろん一晩で習得できるはずもないが、そういう時間を割いてくれたということが、今後の私を変えていく。

数日後、楽屋にA姐さんから段ボールが届いた。中身は全て、手作りの衣装だ。人間の手仕事とは思えぬほど正確に縫い付けられたビーズや夥《おびただ》しいスパンコール、重ねたオーガンジーが形作る、見たこともないようなデザインのドレス。

私がそれらを身につけると、楽屋のみんなから感嘆の声が漏れた。踊り子は、美しい衣装が大好きなのだ。一年に一着しか作れないような、手の込んだ衣装の数々を、私はA姐さんから引き継ぐことになった。今のままでは、誰がどう見ても衣装負けである。

私は恵まれた踊り子だ。受け取ったものをまた誰かに引き継ぐまでは、逃げ出すことはできない。衣装だけではなく、姐さんたちにしてもらってうれしかったこと全てを抱えて、ストリップの世界で生きていくのだ。

第二十一話　二〇二一年三月二十二日

その日、「バレエ超入門クラス」のお荷物は、地球の引力と仲良しだった。無力感で首まで埋まりそうだった。つま先立ちはおろか、踏み潰された空き缶みたいに体が縮んでいる。気持ちが姿勢に出やすいにも程がある。鏡張りのレッスン室で、すっかり情けない気持ちになっていた。私はここで、時間とお金を使って、バカみたいなピンク色のバレエシューズを履いて、一体何をやっているのか。目が覚めたみたいに、バカみたいだ、と思った。つんつるてんのTシャツにスパッツ姿が、本当にバカみたい。

東京や神奈川など一部地域に、二度目の緊急事態宣言が発令された。休館にこそならなかったが、劇場によっては営業時間を短縮している。たとえばシアターUは、通常四回のところ三回公演に減らし、日によっては、公演を二回で終了させることもあった。三回目のスタートは十八時頃で、仕事帰りに駆け付けても、間に合わない人が多い。そして三回目にお客が増える見込みがなければ、二回で終わらせたほうが劇場の痛手は少ない。つまり、踊る回数が減れば、踊り子の収入が減る。

そんな中、Aミュージックの無期限休業が発表された。コロナの影響で客足が途絶え、休館する旅館が増えれば、ますます芦原温泉に人が来ない。温泉街のストリップ劇場は、旅館の浴衣を着たお客を目当てにしている。しばらくすれば北陸新幹線が開通するとはいえ、補助金もなしに、そこまで持ち堪えることができるのだろうか。その頃までにコロナが収束するとも限らない。行けば必ず立ち寄る蕎麦屋も、屋台村の居酒屋も、みんな無事でいてくれるだろうか。テケツで暮らす猫のカイちゃんは、オーナー以外に決して気を許さなかったが、突然誰も来ないことを訝《いぶか》しがるだろう。

私のデビュー館であり、定期的に声をかけてくれる数少ない劇場のひとつだ。閉館を想像すると、バレエ教室へ向かう足が重かった。間に合わない。全てが遅すぎた。

《仕事がなくなれば別の仕事を探すまでよ》と、過去のエッセイ集に書いた記憶がある。「本屋」が人々に必要とされなくなって、「書店員」という職業がなくなっても、別にそれは悲しいことでもかわいそうなことでもない。本の売り上げが年々下がり、休刊する雑誌が後を絶たなければ、需要のサイズに合わせて本屋も書店員も減っていくのが当然の流れだ。世の中は変わり続ける。それに伴い消えていく職業なんて、数えてもキリがない。Iミカドで五日間の穴埋めが終わり、翌日に出勤した職場で『失われゆく仕事の図鑑』という本を買った。表紙は、銀座の夜の街に立つ「花売り娘」。セピア色の女性は、自分が今就いている職業が世の中から消滅する未来を、想像しただろうか。

大箱キャバレーのホステス、スマートボールのプロ、サンドイッチマン、新聞社の伝書鳩。職業自体がなくなれば、能力も技術も矜持も一瞬にして意味をなくす。

踊り子だって、劇場がなくなってしまえば同じことだ。衣装屋に大金を払ってオーダーメイドした奇天烈なデザインのドレスを、一体いつどこで誰が何のために着ることがあるというのか。不格好なほど頑丈なファスナーを縫い付けてあるが、早着替えのしやすさなど、踊り子以外に誰も必要としない。先生に依頼して、足の踏み出し方からパンツの脱ぎ方まで付けてもらった振りを、もう二度と、照明が当たるステージで踊ることはないかもしれない。ターンしながら服を脱ぎ、隅々まで見えやすいように足を高々と上げるポーズなど、誰が引き継ぐことがあるだろうか。また来てもらえるようにと、ポラの裏に書いたコメントも、名前を覚えるために記録したお客との会話も、全部全部無駄になるのだ。

だけど、バレエ教室から帰って、ある本を読んだ。サッカー選手を夢見る、小学生の女の子が主人公の物語である。リフティング五百回達成を目指し、毎日練習を重ねていた。その彼女が、大人になるどころか、物語の中でもコロナが収束する前に、突然この世を去ったのだ。リフティングの意味とは？

今日も部屋で新作の練習をしている。「周年作」と呼ばれる、一周年を記念した特別な演目だ。初めて先生に振り付けをしてもらったが、何度やってもできない。全然覚えられない。バカみたいというより、本物のバカなんじゃないだろうか。そもそも、こんなど素人が今さら踊りの練習をして何になる。子供の頃からバレエを習っている人には、一生かかっても追いつけるはずがない。

だけど踊り子は、現状をわかった上でなお、努力するしかないし、それをやめられない。稼いだお金を貯めずに衣装をオーダーするとき、オフを使って安くないレッスンを受けるとき、不安にならない踊り子はいないだろう。いつ消滅してもおかしくない職業なのに、バカみたいじゃなかろうか、と。

私はそういうことで頭をぱんぱんにしながら、バカみたいだなんて思ったこともないような顔で、周年の準備を進めていた。誰かに知られたら、それが本当になってしまう気がした。

それなのにかあちゃんは、私の落ち込みを敏感に察したようだった。

《わたしの目は節穴じゃないよ。業界を三十年見てきてるんだ。うんと輝け!》

元気付けようとするメールが、スマホに次々と届く。

私が全てを無駄と決めたら、樹音姐さんが踊ってきた三十年をも、無駄だと言うことになる。そんなことを言う奴がいたら、ぶっ飛ばすのが私の役目だろう。

ステージで二度も大怪我をして、その度に苦しいリハビリに堪えて復活し、いまだに劇場からオファーがある踊り子だ。踊り子たちから、踊り子になるために生まれてきたような人と言われる、最強の姐さんだ。『失われゆく仕事の図鑑』の一ページにおさまるのは、まだまだ早すぎる。

第二十二話　二〇二一年四月二十二日

私に聴いてほしいと、友人が教えてくれたのは、昨年末のことだった。音符に乗せるやさしい言葉で、一冊の本を開いて閉じるように、物語を歌い上げる。自分ではない、歌い手自身でもない、音楽の中に主人公が浮かびあがるような歌だ。

二結のシアターUに向けて、新しい演目を作らなければならない。踊り子には、デビューした週を「周年週」と呼んで、毎年オリジナルグッズを作ったり、イベントを企画したり、周年を記念した「周年作」を披露する風習があった。もらったチップを貯めてフルオーダーした衣装、時間をかけて作り込んだ隙のないステージ。それは一年間の総決算であり、ここまで応援してくれた人たちへの、感謝の気持ちと恩返しでもある。

直感と気分によるアドリブを得意とする私は、演目を作り込み、地道な練習を重ねて精度を上げていくことが苦手だ。それができていれば、今頃どこかのオーケストラでホルンを吹いていただろう。そういう性分をよく知っている樹音姐さんは、だいぶ心配しているようだった。「周年作」と呼ぶにふさわしい、目の肥えたお客も納得するようなステージを披露できるのだろうか。今までのような、安物を寄せ集めた衣装では格好がつかないし、得意ジャンルの激しいロックばかりでは、目新しさがない。だが、なぜか姐さんには頼りたくなかった。だいじょうぶです！　と、全然だいじょうぶじゃないのに、ハッタリをかました。間に合わなければ仕方がない。面目を潰される姐さんには悪いが、あの人が心配しているのは、いつも自分のことではなく、私のことだ。それなら私のやりたいようにやらせてもらう。

「あの曲の主人公を踊ろう」と決めたら、ストーリーは自然と広がっていった。それは書き留めずとも、私の頭の中に保存されている。今までの演目だって、全て同じようにストーリーがあったのだが、おそらく伝わってはいないはずだ。持ち時間の中で、何枚も着込んだ服を全て美しく脱がなければならない。おまけに台詞もない、共演者もいない、踊りの技術も演技力も足りない。それで私の思惑《おもわく》が伝わるほうが、どうかしている。

そもそもストリップ劇場は、芝居小屋ではない。もちろん、演目に物語性を求める観客もいるが、純粋にダンスしか興味がない人も、踊り子が脱ぐまで舟を漕いでいる人もいる。ストリップは演劇ではないし、ダンスの発表会でもない。ひとつの技術を純粋に究めることは、そもそも求められていないのだ。必ず脱ぐということが大前提なら、演じてばかりはいられないし、踊ってばかりもいられない。演目によって、日舞もジャズもバレエも踊るし、人によっては空中に浮かんで回転したり、有名なキャラクターになりきったりもする。どれかひとつだけが完璧にできればいい、ということではないのだ。人気が出る踊り子は、コロコロと鮮やかに芸風を変え、一日の公演の中で、何度も別人のようになってみせる。そんな顔もあったのかと、片時も目が離せなくなる。それができてこそ、お客に何度も足を運んでもらわなければ成り立たない、ストリップ劇場の踊り子なのだ。周年作に限らず、私が新作に心がけるべきは、今までにやったことのないものをやること、である。

始まりは「板付き」だ。音が始まってから出るのではなく、スタートの時点で舞台の上にいるという意味の舞台用語である。椅子に座って項垂《うなだ》れ、腕は不自然に浮いている。やがてスイッチが入るように覚醒し、パーツの具合を確かめるように動く。ロボットのようだが、時折なめらかに踊るのは、彼女に感情があるからだ。だが人間を好きになるというバグが見つかったロボットは、明日リセットされる。つまり、全ての記憶が消されてしまう。しかし彼女は一切悲愴感を漂わせず、誰もいない真夜中の研究所で踊る。そして明日の朝、あなたが来る前に、自分で自分の記憶を壊すのだ。最後まで笑いながら「恋する気持ちを教えてくれてどうもありがとう」とお辞儀をして、おどけるようなポーズで最初の椅子に納まる。

一曲目が終わり、ピアノの音とともに登場するのは、少し時間を遡《さかのぼ》った彼女だ。両手で受け取ったプレゼント箱の中には、可愛らしいワンピースと赤いリボンが入っている。それが何かを理解すると、恥ずかしがることもなくぽんぽんと服を脱ぎ散らかし、ワンピースに袖を通す。そこで突然、陽気な音楽が流れ、箱の底に見つけたタンバリンを手に、体が自由に動くことを喜ぶピノキオのように踊る。みんなの手拍子がうれしくて、調子に乗った彼女は盆に飛び出し、タンバリンを激しく振り鳴らす。

次に聴こえてくるのは、頭の上に赤いリボンを結んだお姫様と、七人の小人たちの歌だ。初めて童話に触れた彼女は、そのお姫様と自分が同じ生きものであると認識する。小人が口にした「ＬＯＶＥ」という言葉は、もしかしてあの気持ちのことだろうか。拙いバレエの動きで、恥じらいや切なさを表現する。平気で服を脱いでいた彼女が「恥ずかしい」という気持ちを覚えるのだ。

一度袖に引っ込み、腰から大量の羽根を引き摺るドレスに着替える。そして、あどけなさを消した彼女は、プラスチックでできた胸を押さえて、あなたを思う気持ちだけで踊るのだ。体はこんなにもなめらかに動く。それでも明日、全てを忘れてしまう。

そして最後の曲で、彼女が消したはずの記憶だけが体を離れ、ステージで舞い、ポーズを切る。私は全てを忘れてしまう。それでも、あなたはどうか覚えていて、とつぶやいて、花道をゆっくり下がっていくのだ。

なーんて話、伝わるわけがないわな。

案の定、撮影タイムに並んだお客から「よくわからなかった」と言われ、「ですよね～」と笑った。期待をしていないので、がっかりはしない。かわいいかわいいと褒めちぎる不思議な人もいたし、自分の話しかしない人もいたし、私の下の毛がないことに衝撃を受け、演目どころではない人もいた。たかが他人の縮れ毛なのに！　だけど、泣いている人もいた。私は泣いていないのに、なんで泣いているんだろう。誰も彼も、同じステージを観たはずなのに、てんでばらばらな反応を見せるのだ。わけがわからない。ストリップって、面白すぎる。

勤め先の偉い人に、一年間くらいやってみようかと……なんて言った気がしないでもないが、こういう性分ゆえ、もうしばらくは直感と気分により、踊り子業を続けていきたい所存である。

第二十三話　二〇二一年五月二十二日

とても良くないことが起きた。嘆いても憤っても、起きたことは変わらない。現実を受け入れるだけだ。さっそく知人から【上野のストリップ劇場で経営者ら六人逮捕】のリンクと、逮捕された踊り子が私ではない、ということへの安堵を伝えるメッセージが届いた。実に不愉快だった。彼は私と同年代のはずだが、イエモンの名曲「ＪＡＭ」を知らんのだろうか。逮捕者のリストにあなたの名前がなくて良かったという気持ちは、たとえ本心でも、わざわざ伝えるべきではない。私が初めてストリップを観たのは、シアターＵだ。デビュー後は、何度もそのステージで踊っている。彼も一度だけ観に来たが、なんだか難しい顔をして帰って行った。そこには、ステージの私に照明を当てる人も、あなたがいた客席を毎日掃除する人もいたのである。逮捕されたのは、その人たちだ。私が感じた不愉快を理解してもらいたいとも思わないので、無視をしたが、それ以降、彼からは連絡がない。

しばらくして、送られたリンクのニュースを開いたら、「提供社の都合により、削除されました」とだけ表示された。そこにはどれだけの真実が書かれていたのだろう。報道があった翌日には、Ｔｗｉｔｔｅｒの個人アカウント宛に、知らない人からいくつかの取材依頼もあった。だが最もげんなりしたのは、以前ストリッパーとしての私を取材し、週刊誌に好意的な文章を書いたライターからのメッセージだ。なるほど、こういう時に素早く関係者に連絡を取って、いち早く記事を書くための、ＬＩＮＥ交換だったのか。酒でも酌み交わしたいのかと思った私は、どんだけおめでたいのか。現場にいなかった人間が、何を言えるというのだろう。訳知り顔で事情を推測し、あの人たちはいい人なんです、と心温まるエピソードのひとつでも提供すれば良いのだろうか。急ぎの依頼と思えば、速やかに断りの意思表示をすべきだが、何も返す気になれない。しばらくすると、「お客さんの連絡先を教えてほしい」とさらにＬＩＮＥがきて、ますます返す気を失った。そんなもん知らないから、お役には立てないし、そもそも、そういう取材依頼にのこのこ出て行くような人とは、極力距離を置きたい。たとえその場に居合わせたとしても、お客さんはお客さんだ。勘違いや思い込みがあるかもしれない。何の責任も取らない人の単なる憶測が、何万部と刷られる週刊誌に載ることを思うと、ゲンナリする。世の中には、憶測を憶測と取れない人が必ずいるからだ。結果的にＬＩＮＥを無視し続けてしまったが、有能なライターのリストには別の関係者もいたのだろう。「無事にお客さんの取材に成功しました」とメッセージが届いた。極めてどうでもいい報告である。

Ｔｗｉｔｔｅｒのタイムラインには、今回の事件に対して憤る発言が多く流れた。「ストリップなんてこの世からなくなっちまえ！」という声ではない。オリンピック開催を前に、二十年以上も営業を続けてきたシアターUを突然摘発した、警察や国家に対する不満だ。劇場を守るための署名が必要なら是非したい、という発言まで見受けられた。名前はいらないので、今すぐどこかのストリップ劇場に行って、写真の一枚でも撮ってくれないだろうか。大切な場所を守りたい、と本気で思う人は、もうとっくに劇場に足を運んでいるだろう。立場、金銭、時間、体力や体調。それぞれが何かしらのリスクを負って、集まっているのだ。事件から数日経っても、「シアターU」で検索をかければ、SNSには様々な発言が続いていたが、私の正直な感想は「できればそっとしておいてほしい」だった。義憤に駆られてニュースのリンクをRTすることで、世話になった姐さんの顔も拡散される。それがどういうことか、想像してもわからないだろうか。もちろんこれは私個人の考え方であり、踊り子、ひいてはストリップ業界の総意と捉えられては困る。だからSNSという、それこそ聞きかじりで誰もが発言できる場所で、事件のことについて触れたくはなかった。身近な人にも、自分からは一切その話題を振らなかった。

だが師匠は《書け》と私に言った。《さあ、書く。書いて残す。》と、いつも通り簡潔で、力強いメールが届いたのだ。書くことで何かを変えたい、という意欲は、未だに湧いてこない。だが、それを書かずに、その先の何かを書くことは不自然であり、この連載を続けるにあたって、逃げることができないのは、明らかだった。ストリップにはグレーな部分がある。ストリップは日本が誇る文化芸術である、と明るい場所に引き出されたら、少なくとも私が魅力を感じている「ストリップ」の本質は変わってしまうだろう。女性客が増えた昨今、ストリップはエロではない、という言葉がほめ言葉のように使われることも多いが、それならエロとは、ストリップの価値を下げる要素なのだろうか。見た目が美しければ美しいほど、踊りが上手ければ上手いほどファンが増える、というわかりやすく薄っぺらな世界なら、そもそも私は足を突っ込んでなどいない。自分だけの魅力を生かして、生唾を飲んでしまうような仕草、オナニーやセックスを想像させるような動き、表情、そこに到るストーリーを音楽や演技で表現することで、心を掴んでいく。それをエロと呼ばずして何と呼ぶ。教師の恰好をした踊り子が、自らスカートをたくし上げてストッキングを破ることが、エロでなくて何なのか。着物の帯の一端をお客に持たせ、踊り子がくるくる回るのは、その先に襦袢を脱がせることが想像できるから楽しいのである。

ストリップ劇場を、それもシアターUのような、小さくて古い劇場を、全ての人が楽しめるエンタメの場所とは思わない。私の知り合いも、初めてそこで観るストリップに、瞬きを忘れて前のめりになる人もいれば、気まずそうにする人もいたし、私をかわいそうな目で見る人もいた。それでいい。私はそういうストリップが大好きなのだ。

第二十四話　二〇二一年七月二十二日

『ひきなみ』という小説の一場面に、「H第一劇場」がモデルと思しき場所が出てくる。今年五月に惜しまれつつ閉館した、老舗のストリップ劇場だ。著者である千早茜《ちはやあかね》とは、私が踊り子としてデビューするまで、Aロック座や、DX歌舞伎町（二〇一九年六月に閉館）などの客席で肩を並べた仲である。件の劇場にも、広島観光を含め、泊まりがけで訪れたことがあった。その時の記憶が多少なりとも作品に反映されていることは、間違いないだろう。

物語では、瀬戸内の島に祖父と暮らす、小学六年生の少女「真以《まい》」の母親が、私と同じ、現役の踊り子という設定だった。各地の劇場を渡り歩くため、ほとんど家に帰らない。そして、保守的な地元の人間たちは、踊り子という「風俗で働く女」を蔑《さげす》み、その娘である真以をも異端視し、孤立させる。

親の事情で祖父母に預けられることになり、隣の島へとやってきた同じ歳の葉《よう》は、窮地を救ってくれた真以に惹かれ、自然とふたりは打ち解けていく。孤独を厭《いと》わない真以だったが、夏休みのある日、広島へ行く旅に葉を誘った。目的は、母親が働くストリップ劇場だ。

たとえ肉親であろうと、法律により十八歳未満は入場することができない。だが《子供に見せられないようなことしてるんですか、うちの母は》と啖呵を切った真以は、今回限りと特別に投光室へ通され、葉と肩を並べて舞台を観る。

どんな気持ちだろう。自分が生まれた股を、見知らぬ男たちに覗き込まれるのは。

人の親になったことがないせいか、私は小説を読むとき、年齢が近いはずの母親ではなく、どんなに小さくても、子供の視点で物語を捉える傾向にある。だが、初めてストリップを観た真以が知り得ないことを、踊り子の私は知っている。島の人間が植え付けようとするイメージと、肉親という関係性で、心が感じたことを否定しないで欲しいと願った。それは母親の目線とも違う、どちらかというと、隣にいる葉の気持ちに近かったのかもしれない。彼女は帰りの高速船の上で、ただ《きれいだったね》と真以に語った。

踊り子になってわかったことがある。舞台で裸になることなど、恥ずかしくはないのだ。正直、それどころではない。自分の肉体に自信があるとかないとか、そんなことはどうでも良く、入場料を払ってくれたお客を楽しませられないことが、何より恥ずかしい。好きでやっている仕事だが、好き放題をやるのは、仕事ではない。ステージで踊って、お客を楽しませて、劇場に利益を生むところまでを含めて「好き」でないと、長くは続かない職業だろう。突然押しかけた娘に対して、決して謝らず、笑顔を見せた母は、誰にも恥ずかしくない仕事ができているのだ。

しかし私は、物語には描く必要のなかった、踊り子の私だからこそ素通りできない場面が頭に浮かび、苦しくなった。人気のバロメーターである、撮影タイムだ。たった五百円や千円で、時には卑猥な写真を撮られる。すでに何百枚、何千枚と、誰かの手元にあるのだから、今さら恥ずかしいも何もない。だが、どうにか写真を撮ってもらいたくて、媚びるように、怯えるように、客席へと笑いかける姿は、大切な人にこそ見られたくない。ステージを観た上で、撮りたいと思う人が誰もいない自分を、撮らない人にすらかわいそうだと思われたがっている自分が、情けなくて大嫌いだ。堂々とポーズを切った自分が、シュルシュルと萎んでいく。どうしてこんなシステムがあるんだろう。踊ってパチパチ、はい終わり、だったらどんなに気が楽だったか。だけど仕方がない。それが嫌なら、なんとかして自分の状況を変えるしかないのだ。仕事だから。真以の母親である「葵《あおい》れもん」が、大切な人に胸を張っていられるのは、きっとそこもクリアしているからだろう。《あたしはこの仕事が好きなの》という言葉に、嘘偽りはない。

ところでこの『ひきなみ』という小説だが、純粋なる楽しみとして読んだ時には、広島へ行く場面について、深く考えることはなかった。あくまでも物語の中のひとつの要素であり、さほど重要ではないとすら思っていた。ところが、ある雑誌でこの本の書評を書くことになり、あらすじをメインにした原稿を担当者に送ったところ、「踊り子である新井さんならではの言葉が欲しい」と、書き直しを命じられたのである。そのおかげで、気付いた。二人が広島へ行ったのは、葉が初潮を迎えた日である。唯一それを打ち明けられる真以に会いに行ったからこそ、葉は真以に誘われたのだ。当たり前のように読み流したが、どうして生理になったことを、真以にしか言えなかったのか。葉の行動に疑問を抱かなかったのは、私自身もそうだったからである。自分の性を他者に意識されることが、嫌で嫌でたまらない。それは隠すべきことであり、何かの罪でもあるように感じていた。そんなわけはないのに。根強く社会に残る差別的感情のせいだろうか。最も身近な同性である母は、自分の生理を娘である私にも隠していた。少なくとも父や兄の前で、その話題はタブーだった。だから私は大人になっても、生理が恥ずかしかったのだ。

だがストリップに出会って、ようやく自分で自分の性を肯定する、強い感情の矛先を見つけた。まずは客席で、観たいと思ってお金を払うことで。そしてステージの上で、物理的な快楽を与えずとも、お金を払って観てもらえることで。

精神的な理由で生理は数年に一回あるかないかだが、そのことを、劇場で肩を並べた友に言うこともできるようになった。

『ひきなみ』のあらすじに「ストリップ」の文字はない。広島へ行ったことよりも重大な事件が、二人を長く引き離すことになるからだ。しかし少なくとも私にとっては、決して欠かすことのできない、重要な示唆を含む場面であった。目を逸らし、気付かなかったことにして逃げようとしてしまうほどに。

第二十五話　二〇二一年八月二十二日

四月に摘発されたシアターUは、そのまましばらく休業したのち、営業を再開していた。しかしそれも、行政処分が下るまでの短い命である。そんなことはもちろん、みんなわかっていた。だが、それがいつなのか定かでない以上、劇場も踊り子も、通常通り予定を組むしかない。私も自分の誕生日がある七結は、去年と同じシアターUで迎えるつもりでいた。踊り子にとって誕生日週は、周年週の次にお客さんを呼べるお祭りだ。いちばん結果を出せる、ホームの劇場が良かった。だが大方の予想より早い、六月の一週目を終えてすぐ、シアターUは営業停止となる。入り口に赤いバッテンの札を貼り付けたまま、期間は八ヵ月。廃業させられるわけではない。だがもちろん、補償なんてない。自力で再開するためには、無収入のまま家賃を支払い続ける必要があるのだ。そんな余力があるくらいなら、踊っている最中にブツリと音が途切れるような古い音響機材を、なだめすかして使い続けたりはしないだろう。ストリップ劇場は、少しでも良いステージができるように、お客が楽しめるように、努力してくれている。シアターUのステージに掲げた、いかにもなピンク色のネオンは、従業員による手作りだ。彼は私に小さなネオンライトも作ってくれた。本屋の看板風の形で、スイッチを入れると、中で「本屋の新井」の文字が光る。それを撮影タイムに抱えて出れば、いつもよりたくさん写真が売れた。何より、その気持ちがうれしく、心強かった。しかし現状、たとえ摘発されなくとも、故障したエアコンを取り替える費用が工面できない劇場もある。踊り子が自主的に、エアコン募金を呼びかけているくらいなのだ。このご時世、どう考えても、ストリップ劇場は儲からない商売なのである。

それは踊り子も同じだった。儲かっていれば、エアコンくらいポーンと寄贈するし、閉館の危機と聞けば、バーンとキャッシュで劇場を買い取るかもしれない。お客さんだって、余裕があれば週に二度三度と足を運びたいと思っているし、チップだって毎回渡したいと思っている。その気持ちは、ちゃんと伝わってくるのだ。だけど、みんなみんな、余裕がない。それは私がデビューしてからこの一年で、ますます強く感じるようになっていた。

H第一劇場が閉館し、シアターUも長期休業となれば、まず踊り子の仕事が大幅に減る。一つの劇場につき十日で六人、一ヵ月で十八人分もの仕事がなくなったのである。書店の売り上げが激減して、雇えるアルバイトの数が減り、契約社員の契約が打ち切られ、売り場が荒んでいく悪夢が甦る。レジの台数より働いている人が少ない書店。いくらお客が減ろうと、お金が入ったレジを無人にするわけにはいかないのだ。しかしそこに一人ずつ入れれば、棚をさわる人がいない。おかしい状況なのは誰もがわかっているけれども、売り上げに対する人件費を考えれば、ショートしているのも明らかだった。

ストリップ業界に少しでも貢献できれば、などと宣《のたま》った私は、一年経っても、貢献するどころか、邪魔にしかなっていないではないか。今私ができる唯一のことは、私自身が即刻休業することである。そんなことは、とっくに気付いていた。

業界への思いと、自己実現が全く嚙み合っていない。傾いた会社が早期退職者を募った時、それに応じれば会社は楽になるが、辞めたくないからとしがみつけば、会社ごと沈没してしまうかもしれない。私はそういう時に、とっとと辞めるタイプだと思っていた。自分以外の誰かが先に辞めてくれることを願って待つのは、性に合わない。自己犠牲ではなく、あくまでも自分の精神衛生のためだ。

だがどうしたものか。踊り子を辞めたくないのである。私はここまでこの仕事に執着があったのか。たった一年で。ダンスなのか、脱ぐことなのか、楽屋生活なのか、お金なのか、意地なのか。よくわからないが、シアターUが休業して、もう仕事が入らなくなるかもしれないと思った時、私はひどく落ち込んだ。こんなはずではなかった。

それでも、私のステージを毎回観に来てくれるお客さんがいる。ずいぶん物好きなそのおじいさんは、とっくに定年していて、奥さんも子供もいないが、私の祖父でもおかしくない年齢だ。年金だけでは暮らせず、工事現場で交通整理をする日雇いの派遣に登録している。希望しても、仕事にありつけるかどうかは、その日にならないとわからない。雨が降ったら、仕事はない。スマホを持っていないから、別の派遣会社に登録する方法もわからない。ガラケーを持っていたって、メールの一本も打ったことがないと言うのだ。ただひたすら電話が鳴るのを待ち、仕事にあぶれれば、無収入で一日を過ごす。雇う側は、若くて体力がある人のほうがいいに決まっている。仕事は年々、なくなる一方だ。

劇場に行くために、夏も冬も路上に立って、自分でなくてもできる仕事をしている。早めに終われば、四回公演の三回目に間に合う。甘いお菓子を買って、私の写真を入れたキーホルダーを首から提げて、劇場に駆け付ける。必ず写真も撮ってくれる。もっとお金があったらたくさん撮れるのに申し訳ない、と言う。こういう人がもう十人いたら、百人いたら、私は劇場に貢献していると、胸を張って言えるのだろうか。なかには芦原まで駆け付けてくれる人もいるかもしれない。それでようやく、わざわざ私を選んで乗せてくれた意味が生じる。「たまたま入ったら踊っていた」だけの踊り子であれば、別に私でなくてもいいのだ。それこそ、若くてかわいらしいほうがいいに決まっている。仕事は年々、なくなる一方だろう。私の状況は、工事現場でのおじいさんと一緒だ。

踊り子として、今がんばるべきことは何なのか。私とセックスをしたいと思う奇特な人を見つけて、思わせぶりな態度を取って、観たくもないダンスを無理矢理観てもらうことなのか。嘘を吐《つ》いてでもいいから同情を買って、踊り子を続けさせてもらうために、施しのように入場料を払ってもらうことなのか。

そのためにターンしたら壁に激突する狭いスタジオを借りて、しこしこダンスを練習しているとしたら、全くとんちんかんな努力でアホらしい。

この仕事の何に、それほど執着しているのだろう。執着は最も嫌いな感情だ。とても苦しいし、醜いし、全く論理的でない。だけど、執着しているからこそ、しびれた。

ずっと憧れていた岐阜の劇場「Mご座」から、ついに声がかかったのである。私は感情だけの生きものとなって、その仕事を引き受けた。

第二十六話　二〇二一年九月二十二日

七中のAミュージック、七結のYミュージック、八頭のMご座という三連投で、福井県→神奈川県→岐阜県と渡り歩き、三十一日間踊り続けた。そしてMご座楽日の翌日、新幹線を東京駅で降りて直行したのは、勤め先の書店がある日比谷だ。名古屋で新幹線に乗り換える前に、ホームで大汗をかきながらきしめんを啜り、新幹線では天むすをもりもり食べた。腹に力を込めたかったのは、書店のレジに立つからではない。職場から目と鼻の先にある「東京宝塚劇場」で、初めての宝塚歌劇を観劇するためである。

踊り子になって二回目の誕生日に向け、『Ａｎｔｅｌｏｐｅ』という記念演目を準備していた。ストリップの短い持ち時間では難しいとされる群像劇で、四人の男女が登場する。そして最終的には、性別を超えたラストに持っていきたい。一曲目は、黒い中折れ帽を目深に被り、ジャケットとショートパンツ、ストッキングとパンプスも全て黒で揃え、ワイシャツとイヤリングの真珠だけが白という特別感のある衣装にした。『スタア誕生』のジュディ・ガーランドみたいに踊りたかったのだ。男のようにかっこよく、でも女だからこそのセクシーさを匂わせて。本物の男のように見せたいわけではなかった。誰もが私を女だとわかっている上で、男らしさをかっこよく演出したい。それはもしかしたら、宝塚の男役みたいな感じかもしれなかった。

そんなことを思い始めるタイミングで、U課長からメールが届いたのである。彼女は以前勤めていた書店の本社で、斜め後ろのデスクに座っていた。私が踊り子になるまでの経緯を語ったインタビュー記事を、ネットで読んだらしい。

《みえかはマジで絶対宝塚観た方がいいわ！！！》

同僚時代から彼女の宝塚好きは有名で、観劇の翌日など、すみれ色の缶に入ったお土産の煎餅を配り歩き、その素晴らしさを興奮気味に語ってくれることはあった。しかし、ここまではっきりと誘われたのは初めてだ。踊り子としての私にとって、宝塚に学ぶべきことがあるのだろうか。劇場から最も近い書店で働く今の私にとって、必要な勉強とも思えた。

手配してくれたチケットは、月組の「桜嵐記《おうらんき》」。男役トップの珠城《たまき》りょうさんが退団する貴重な公演だ。

南北朝時代を舞台にした歴史ものの演目は、男役が演じる根っからの武士と、娘役が演じる世間知らずで気位ばかり高い公家の姫君が惹かれ合うという、史実に基づく部分はありつつも、非常にわかりやすく仕立てたお芝居である。ただ、それを同じ性別同士が、しっかりと男女の役割を担った上で美しく演じているということに、ひたすらクラクラした。娘役の腕を躊躊いなく引き、軽々とリフトする。その相手が本物の男性であればどうしても鼻につく生臭さや苛立ちが、全くない。それがスポーツでも芸術でも、男と女だと思えば、何も知らないわけではないだけに、興が醒めてしまうのだ。しかし性差がなければ、娘役のか細いソプラノや男役にエスコートされないと成立しないダンスは、彼女のキャラクターであり、役割でしかない。女性だけで成り立つ宝塚のステージは、一見無理しかないように見えて、実は最も無理のない、優しい世界なのであった。

三十五分もの休憩時間は、誰もが恍惚とした顔で粛々とお手洗いを済ますだけに費やし、後半はレビューショーの「Ｄｒｅａｍ Ｃｈａｓｅｒ」。私にチケットを譲り、自分はキャンセル待ちの列に並んで入ったU課長は、速やかにお手洗いを済ませると、人混みの中からあっさりと私を見つけ出した。

「レビューは考えるな、感じろ」

興奮と感動で目の縁を赤く染め、それだけ言うと自らの席に帰っていく。私はもうこの時点で言葉を失っていて、それは彼女もよくわかっているようだった。

舞台手前に埋まるオーケストラピットからは、いよいよ本領発揮とばかりに、金管楽器が口ならしする音が聴こえてくる。選ばなかった人生に思いを馳せる間もなく、レビューショーは始まった。メイクも衣装も変えた男役が次から次へと出てくる。朗々と喉を開いて歌い、自信たっぷりにターンを決める。それぞれの男らしさ、美しさ、セクシーさが、ひたすら洪水のように前を流れていく。肩を揺らし、歩幅を大きく、手のひらを広げ、優しく娘役の腰に手をまわす。踊り子として何かを学び取るはずが、完全に骨を抜かれ、思考が停止していた。

その水色のジャケットを着た男役は、トップより背は高いが線が細く、小さな丸顔が特徴的だった。何度衣装を替えても、群舞に紛れても、その人だとわかる。やんちゃな少年のように笑って二階席を見上げた瞬間、私の理想、と思った。しかしその理想とは、そのようになりたいのか、身を預けて踊りたいのか、わからない。ショーも終盤に差し掛かり、ステージ上の階段を、夥しい数の人間が羽根を背負って降りてくる。パチンコ玉が転がるようになめらかだ。乱れのないその洪水の中でも、光って見える人がいるということに、私はひたすら感心していた。私が踊り子としてやるべきことは何だろう。ステージには私しかいないのだから、男役も娘役もこなし、自分が光り輝くしかない。そしてもっともっと、わかりやすさを追求するべきだ。南北朝時代の武将・楠《くすの》木《き》某《なにがし》について全く知識がない私でも、その時代において、彼とその息子たちが何を信じて闘っていたのかを、表情や踊りから理解することができた。当時の天皇の苦悩や、恋をした女性たちの生き方も、共感はせずとも、感情の落としどころがしっかりと用意されていた。

小劇場の演劇や単館の映画は、観客側が「わからない」と言えない空気がある。努めて理解しようとし、ないものすら見ようとしたりもする。しかしもっとアングラでディープなはずのストリップ劇場では、「わからない」と、お客が出演者に直接言えるのだ。赤子のように飽きっぽい彼らは、余所見《よそみ》をしたり、席を立ったり、荷物をがさごそしたりする。自分に対して好意的なお客であっても、堪えきれずに舟を漕いだり、写真を撮る回数が減ったりする。踊り子の間で「くそバイス」と呼ばれる、くそみたいなアドバイスをしたがるお客も少なくない。それでも我を通して、お客がわからないものをやりつづければ、どんなに見た目が良くても、仕事がなくなるのが踊り子という職業だ。求められるのは、親子で楽しめる全国公開の映画や、国民の多くが心を動かされる朝ドラのようなメジャーさ、正しさなのだ。皮肉にも、十八歳未満は入場できず、警察が踏み込めば、あっという間に封鎖されるこの場所で。

宝塚の客席には、圧倒的に少ないが、男性客の姿もあった。ストリップ劇場と真逆の比率である。男女で求めるものは違うかもしれないが、それでも宝塚というスペシャルな場所と、百年築き上げてきた歴史と秩序を守りたい気持ちは同じなのだろう。観劇と応援のルールが、お客自身によって遵守されていた。

ストリップにもルールがある。拍手をするタイミングや、チップの渡し方、踊り子ごとのNG行為など、初めて来た人にとっては面食らうことばかりだろう。それは劇場側が提示したものもあれば、お客側が作り上げてきたものもある。宝塚とストリップでは規模もレベルも違うが、ステージの上に立つ人と客席に座る人がいて、楽しい時間を共有したいとお互いが願う気持ちに、大差はない。

初乗りしたMご座でも、私はようやく何かに気付き、摑みかけていた。

お客が求めているものと、私が手にしたいものは、実は平行線ではなく、両思いなのではないか。だからこそ私はＭご座で、多くのお客さんと知り合い、顔と名前と交わした会話を記憶し、その人が何を求めているのかを理解しようとし、また会いたいと心から思った。本当はずっと、みんなは私にそれを求めていたのかもしれないが、私の頑《かたくな》さにより、気付くことができなかった。

去年の夏に乗った、大阪のＫ生ショー劇場で出会った人が、Ｍご座にも来てくれた。「また会えた時に返すね」と、あえて返さずに一年預かっていた写真を、ようやく返す。「次に会うのはまた一年後かな」と笑って、また別の写真を預かった。都内の劇場で見かける人が遠征してくれたり、私をＭご座で観たいと、劇場にリクエストし続けてくれた地元の人に会えたりもした。踊り子を一年半続けるということは、こういうことなのだ。数ヵ月後か、数年後かはわからないが、またＭご座に乗ることがあれば、今回出会ったたくさんの人たちが「お帰り」と言って会いに来てくれるだろう。それを重ねることの意味は、踊り子もお客も同じだ。本当はもっとドライに、割り切ったやり方もあるとは思う。だが、書店でも泥臭く本を売ってきた私は、ステージでも泥臭くやっていくしかないらしい。このまま続けていけば、大切な人がどんどん増えていって、どんどん重くなって、身動きが取れなくなる。私の意志に、いろんなものがぶら下がって、簡単に逃げ出せなくなる。だが、もとより、やれる限り続けるつもりだ。やめるしかなくなる時のことなど、今考えても仕方がない。書店の仕事との両立は、いまだにうまくいかない。職場のみんなが優しく送り出してくれることを、後ろめたく感じ始めている。だが、それは全く以て誰にとっても無意味な感情だから、必死に蓋をしている。

後ろを振り返れば、ここまでの道に落としたパン屑《くず》は全て食べられていて、今ちょうど私の横を、口の横にパン屑を付けた私が追い越していったところだ。つまり、もう後戻りはできないし、するつもりもないということである。

第二十七話　二〇二一年十月二十二日

買ったばかりのリュック型キャリーに黒猫を入れて、九月の熱海《あたみ》へとやってきた。外を歩けば、道行く人が振り返って思わず姿を探すほど、にゃあにゃあと可愛らしく鳴く。だが新幹線に乗せた瞬間、どういうわけかスンと黙って、大人しくしている。新しい場所にも知らない人にも物怖じせず、好奇心が旺盛。まだ二歳になったか、ならないかの彼女には、旅猫の素質が備わっていた。

出会ったときから「くーちゃん」という名前で、保護猫出身らしいが、詳しい事情はわからない。飼い主が急逝し、住む場所をなくした猫を、七中のAミュージックでとりあえず預かることになったのである。毎晩同じ布団で眠るうちに「猫を飼いたい」ではなく「この生きものとどうしても一緒に暮らしたい」という思いが募った。対人間には抱いたことのない強い執着と、唯一無二であるという直感は、猫と暮らす環境を作るための、あらゆる難関を突破するエネルギーとなったのだ。住んでいるアパートの解約手続きを進めつつ、電光石火でペット可のお手頃物件を探し出す、という仕事を、七結のYミュージックと八頭のMご座の間に遠隔で終わらせ、都内に戻って一週間後に、あわらまでトンボ帰りでくーちゃんを迎えに行き、書店で働きながら引っ越しの片付けや諸々の手続きを終わらせたら、もうオフの二十日間が過ぎていた。こうして振り返ると慌ただしいようだが、目的のための作業を片っ端からやっつけることには達成感が伴い、宝塚を観たり、二回目のワクチンを接種したり、友人を家に招いて引っ越し蕎麦を茹でたりと、充実した夏を過ごしたのだった。

A銀座劇場は、五十年以上も続く温泉街のストリップ劇場だ。温泉とストリップは相性が良い。かつてはどこの温泉地にも、大なり小なりあったと聞く。あわらのような、社員旅行の団体にも対応できる大型の劇場より、隣のスナックのママとホステスが交代でステージに立つような、こぢんまりした小屋が多かったらしい。熱海はそのどちらでもなく、決して大きくはないのだが、ストリップ劇場の品格を感じる、厳かな雰囲気があった。赤い壁に囲まれたステージには赤い絨毯が、靴を脱いで上がる客席には、柔らかいグレーの絨毯が敷かれている。ゆっくりとまわる天井のミラーボール以外に動かせる照明はなく、適宜アナウンスをするのも、音楽プレーヤーのスタートボタンを押すのも踊り子の仕事だ。一度だけお客として訪れたことがあり、他の劇場との違いに衝撃を受けつつも、アットホームかつムーディーなこのステージで、いつか踊ってみたいと強く憧れた。だがこの近距離では、全く誤魔化しが利かない。プロの照明技術を借りることなく、観賞に堪える裸を観せることなど不可能だ。ステージの合間に必要とされる話術も、温泉地ならではの、ハメを外したい一見客に対応するスキルも、私にあるとは思えない。シアターUの時みたいに、姐さんが助けに来てくれることもないのだ。だからその「いつか」は、ずっとずっと先のことだと思っていた。突如降って湧いたような僥倖《ぎょうこう》は、日が近付くにつれ武者震いに変わる。まさかこんなに早く、チャンスが巡ってくるなんて。香盤はたったひとり。楽屋に戻ってもひとり。身一つの私に、一体何ができるだろう。

熱海での十日間はデビューしてから最も濃く、それだけで本が何冊も書けそうなエピソードの連続だった。執筆のためのメモは取ったことがないが、頭を整理するために、毎朝目が覚めると、ポメラに昨日のことを打ち込んだほどだ。しかしそれを、ここに逐一書くつもりはない。ストリップ劇場の内側をすべて白日の下にさらすことが、このエッセイの目的ではないからだ。ほの暗く揺らいでいるからこそ、魅惑的な空間なのである。かつてAロック座には、観光客を乗せたはとバスが停まることもあったそうだが、老若男女が堂々と入れることでしか存在を許されないのだとしたら、私が好きな世界はもうそこにはないと言えるだろう。

その昔、近所にストリップ劇場がいくつもあって、入り口のカーテンの下から覗く妖しげな世界に憧れた子供がいた。彼は高校を卒業するとすぐストリップに通い始め、それは還暦を迎えてもなお続いている。熱海の初日、一番乗りで劇場にやってきて、私のステージを見ていった男性だ。女の裸など、見飽きるほど見ただろう。昔は踊り子の数が多かったから、地元の喫茶店で煙草をふかしている姿を、子供の頃からよく見ていたそうだ。踊り子の濃いメイクは、劇場から一歩出れば異様であり、首から下の普段着とは、だいぶミスマッチだったはずだ。それでも彼にとって、ストリップ劇場は特別な場所であり続けた。大人になれば、奥さんや子供には秘密の趣味であり、大病をして勃たなくなってからは、唯一心から楽しめる風俗なのだ。

私は熱海の低いステージから、そういうひとりひとりの顔を間近に見て、「今日は来てよかった」と少しでも思ってもらえるために、ステージも、そのあとの会話も、何の武装もせずに臨んだ。終演後、寮に戻れば、いつもくーちゃんがドアの前で待っていたが、数回撫でたらもう布団に倒れ込んでしまうほど、やりきっていた。眠たいのに、高揚して眠れない。なぜそこまでするのかが自分では理解できないまま、書店員としてトークイベントをやり始めたころのことを思い出していた。本を一冊でも多く売るために始めたイベントだったが、いつの間にか「参加してよかった」と笑顔で帰ってもらうことが目的になっていた。ミュージシャンだって、芸人だって、小説家だって、それは自己表現ではあるかもしれないが、少なくとも身銭を切ってくれた人をがっかりさせたくないという気持ちなしに、商売として続けることは難しい。人は気まぐれで、飽きっぽくて、身勝手で、繊細だ。だからこそ正解がなくて、必死にならざるを得ない。私はそれを、面白いと感じるのだ。生きていて唯一、面白い。

年下の彼氏に無理矢理連れてこられ、ふて腐れた態度を取る彼女を、裸の私がどう振る舞えば笑顔で宿に帰せるのか。ブラック企業を辞め、何もかも嫌になって熱海に逃げてきた男性が、同年代の踊り子と何を話せば楽になれるのか。酔っ払ってノリで入ってきた五人組の若者に、私の辛気くさい演目をどう見せたら、また熱海に来ようと思ってもらえるのか。そういうバラエティ豊かなメンタルが、時には何組も同時に居合わせる空間で、私は自分のキャラクターをコロコロと変え、バランスを取り続ける。演目に込めた思いなど、もはやどうでもよかった。それよりも、全て自分の責任で直感のままに挑めることが、可能性を無限大にしていた。ようやく私は踊り子という仕事を全うしていると、熱海の劇場で思えたのだった。

私がストリップでやろうとしていることは、結局、書店でやってきたことと大して変わりはない。本屋に入って手に取った本が、ストリップ劇場に入って観た踊り子が、ずっとずっと先の「何か」につながるかもしれない。そもそも私がここにいることが、私にとっての「何か」なのだろう。身近で大切な人を笑顔にすることも大事だが、西加奈子《にしかなこ》さんの小説『おまじない』のように、たまたまそこに居合わせた人が無責任に放つ素直な言葉で、おまじないのように誰かがほんの少し楽になることもある。それくらいのほうが、素直に受け取れることもあるのだ。

熱海の劇場で、初めてストリップを観たというひとまわり年下の男性から相談を受けた。付き合っている人との結婚を迷っていると言う。ステージに乗ったまま、私は彼の悩みを聞き、その場にいた無関係なお客も巻き込んだ。その場で出た結論は、その場限りの正解かもしれない。だが、こんなに優柔不断でふがいない男と、そこまで結婚したいと思ってくれる奇特な女はそうそういないはずだ。私だったら御免蒙《こうむ》りたい。内心そう思いつつも、無責任に彼の背中をドンドコ押し、また来年ここで再会できたら、皆で彼の結婚を祝おうと笑って、ステージから全員を見送った。ちょうど閉館時間だった。

私はあくまでも、ここだけの存在だ。仕事は不安定で、本当は何一つ約束ができない。だが、ずっと続けていれば、いつかどこかでまた会えるかもしれない。続けていると思い込んでもらえるだけでも良い。踊り子とはきっと、そういう仕事なのだろう。

第二十八話　二〇二一年十一月二十二日

ふたりきりになった開演前の楽屋で、憧れの踊り子が泣いていた。実家で母親が珍しく感情を昂《たか》ぶらせ、べしょべしょと泣いた姿が重なる。そのときも居間にふたりきりで、少し離れたところから、私は母を眺めていた。ヒステリーを起こした娘に突き飛ばされても、八つ当たりで晩ご飯をひっくり返されても、淡々と自ら湿布を貼って、割れた茶碗や飛び散った味噌汁を片付ける。芝居がかったその無抵抗さと無表情は、感情を抑えられない自分が馬鹿にされているようで、自分の中の嗜虐《しぎゃく》性に気付かされたことと相まって、強烈な怒りを誘った。自分だけが泣き叫んでいるという羞恥が、またそれに油を注ぐ。ところがひとたび母が泣けば、すべてが萎え、白けた。白ける——。その言葉を聞いたのは、つい最近のことだ。踊り子としてデビューすることを「おもしろいじゃん」と言ってくれた仲間が、私に向けて放った。何も言われないのをいいことに、ズルズルと甘え続けてしまったせいだ。

ひとまず一年という期限はとうに過ぎている。職場の仲間を白けさせたのは、出勤日数が減ったことではない。以前より成果が出せなかったことでもない。そんなことは、最初からわかりきっていた。別の仕事と掛け持ちしているのは私だけではないし、そのことに後ろめたさを感じさせないところが、この職場のいいところだと、皆が理解している。生理痛がしんどい日は休めばいい。満員電車でがんばらなくてもいい。他にやりたいことが見つかったら、笑顔で辞めていい。特定の誰かがいないとまわらない職場なんて、そもそも在り方としておかしいし、実際誰がいなくなっても、会社はどうにか続くものだ。しかし踊り子の仕事に執着し始めていた私は、最低限の礼儀とコミュニケーションを怠った。たとえ「休んでもかまわない」としても、私が平然と休むのは違う。そんな風に思って休んだことはないが、そう見えたのなら同じ事だった。

デビューしてすぐにコロナが流行し始め、緊急事態宣言を受けて劇場が休業、再開してもなお客は激減したままだ。その煽りで九州唯一のストリップ小屋「A級K倉劇場」が閉館を発表し、お客として訪れた「H第一劇場」は、すでに建物の解体が始まった。それに加え、ホームである「シアターU」がオリンピック目前に摘発され、約八ヵ月の休業を強いられている。そうして全体の仕事が減れば、集客できない踊り子にはますますオファーが来ない。このままもう二度とステージには立てないかもしれない。そういう状況だから、踊り子の仕事を優先せずにはいられなかった。書店のシフトが決まった後にオファーを受けたら、断るのが筋だ。仕事とはそういうものである。だが私は書店の仕事と踊り子の仕事を天秤にかけていた。休んでも来月はシフトが入るだろう書店か、これを断ったら最後かもしれない劇場か。そういう働き方の人間を、信用できるわけがない。執着は嫌だ。自分のことしか考えられなくなる。つまりは、自分自身を見失う。踊り子の仕事を優先させることと、書店の仲間をないがしろにすることとは、全く別のことだ。そんなつもりはなかったが、誰にも報告や相談をしなかったことで、そう取られてもおかしくない状況に陥っていた。兼業はここまでが限界か。そもそも書店の仕事に嫌気が差して踊り子になったわけではないのだ。

しかし、Mご座やA銀座劇場を経験して、ようやくこれから、という気もする。そんな状況を抱え、べしょべしょと泣く姐さんの話を聞いたのだ。踊り子としての自分の価値を非常に低く捉え、人一倍がんばらなければ誰にも必要とされない、と本気で思い込んでいる。仕事がなくなったら書店員にでもなろうかな、とも言った。白ける。この人みたいになりたいと、ここまで突き進んできた私は何なのか。私の心を動かした。それだけですごいことではないのか。その日、私は姐さんのステージを客席で観た。人の世話ばかりで、自分の化粧をする時間がなくなるような人だ。やもめの常連客が来れば、帰りに持たせようと開演の五分前までおにぎりを握っている。それでも強くカールしたウィッグを被り、濃い目張りと赤い紅を差せば、どこの姫君かと思うほど華があった。

演目は私がリクエストした「サロメ」。皿に載せたヨカナーンの首を摑み、愛しそうに口づけをして恍惚と踊る。普段の彼女から性の匂いを感じ取ることはないが、ステージには濃密に漂う。いつか私もそうなれるだろうか。客席を見下ろす、少女のように無邪気で残酷な笑みは、伝説の踊り子によく似合っていた。だけどその内には、不安で不満で、自分を許せない孤独な少女がいる。初めて姐さんを見たのは、桜木紫乃さんに誘われて入った、シアターUだ。一番目の人も二番目の人も、自分にとても自信があるように見えた。もちろんそれは並々ならぬ努力に裏付けされたものだろう。しかしその後に登場した踊り子は、誰よりも美しく舞うのに、お客を楽しませることに必死だった。必死すぎて空っぽで、涙が出そうだった。楽しくて悲しいのが美しいと感じるのは、一流のサーカスやバレエに似ていた。踊り子がいくら裸で踊ることに慣れても、服を着て踊るダンサーと同じ立場にはなれない。これで許されないなら、自分はあと何を差し出せばいいのか。何十年も踊り続けた姐さんでさえ、次の仕事がないことに強烈な不安を覚えるのは、何も経済的なことだけではない。自由で独立した稼業に見えて、やはり人は誰かの評価なしに生きていくことは難しく、それは写真を何万枚撮られようと、劇場の入り口が花で埋もれようと、満たされることはないのだ。奇しくもストリップ劇場は、紙の本を売る書店と同じように、先細りしている。私はその行く末を、自らの足を突っ込んだ状態で見届けたい。踊り子たちは気持ちをどう処理して、どんな顔で引退公演を打つのか。その後、どうやって生きていくのか。自分のことも含め、今はそこに興味がある。

熱海で出会ったお客が教えてくれた。劇場が多かった地域には、いまだに元踊り子が住んでいて、誰もが彼女の来歴を知ったうえで、着付けや踊りを習っているそうだ。福井で出会った寿司屋の大将が、この辺りにはかつて遊郭があったと教えてくれた。私が踊り子だと気付いたのかもしれない。運良く地元の商家に嫁入りしても、遊女は遊女である。孫の世代になっても、なかったことにはならない。私が踊り子だったことも一生消えないし、人前で裸になったことも、裸の写真が出回ったことも、人の記憶と記録に残り続ける。いつか人生の足枷《あしかせ》となる日が来るのかもしれない。それを自分が経験し、自分のために綴り、自分の手で売ることは、この上なく自分らしい生き方と思えた。

オリンピックが終わり、ワクチンと規制の成果か、東京都の緊急事態宣言が解除された。書店にも活気が戻ってきている。仲間ともじっくり話をした。そろそろ店内でサイン会やトークイベントを再開してもいいかもしれない。棚をガラッと作りかえて、フェアも企画しよう。そうやってようやく執着が薄れてきた頃、仕事は舞い込むものである。十一月中、ファンの応援で存続が決まった「A級K倉劇場」に、出演決定。

第二十九話　二〇二二年七月十三日

六結のYミュージック、四日目。劇場内に入り口がある「売店」と呼ばれる小さなバーで、コロナ対策のビニール越しに、私はとあるお客から小一時間に亘って、こてんぱんに叩かれていた。渡した手紙に対し何の返答も変化もなかったことで、私に失望し、もう二度とステージを観ることはないと言う。手紙？　一昨日の最終回で受け取った、チップに添えられたメモ紙のことだろうか。そこには稚拙な文字で「貴方の乱れる姿が見てみたい」と書かれていたはずだ。よくある戯言《ざれごと》かとゴミ箱に投げたきり、すっかり忘れていた。

ステージを観る観ないはお客の勝手だ。強要する気は全くないし、いちいち私に断る必要もない。あなたの時間はあなただけのものだ。彼にはデビュー当初から各所で顔を合わせていたが、私のファンではない。受付で告げるお目当ての踊り子は、別の姐さんだ。そういうことをいちいち私に言うところも、常に上から目線の発言も不可解かつ不愉快極まりない。姐さんのお客だからと思って、得意のアホなフリでかわしてきたのだ。しかし他のお客もいる前でここまで言われては、笑顔も強《こわ》ばる。何百回と踏んだステージは多少なりとも成長しているはずだし、熱心なファンは増えないが、良くなったと褒められてはいた。当たり前だ。お客や姐さんの意見を片っ端から取り入れて、自分の好みを消してきたのだから。

しかし彼は、私がステージで「乱れない」のは「ストリップ」を理解していないからだと指摘した。彼は往年のストリップファンではないし、どちらかというと偏った考えの持ち主で、ストリップ友達もいない。むしろ客席でとんちんかんな持論や自慢話を大声で語る彼に、顔を顰《しか》めるお客も少なくなかった。きっとこの指摘だって、好みの問題であり、誰かを説教して気持ち良くなりたいだけだろう。一瞬カッとなったが、ここは落ち込んだフリというサービスでもしてあげたほうが、早く解放してもらえるし、私の心も楽だ。

しかし翌日になっても、彼の言葉がわだかまっていた。ストリップとは、服を脱ぐことではないのか。演者がステージで乱れたら、演し物《だしもの》は成立しない。男たちの視線に晒された私のお○んこがヒクヒク……なんてベタな官能小説じゃあるまいし、いちいちそんなことになっていたら仕事にならない。ステージでオナニーする姐さんたちだって、部屋でするそれとは全く別物だろう。死にかけの芋虫みたいに転げまわり、全方向に見えるように片足を上げながら回転し、音楽をかき消すくらいのあえぎ声を聞かせる、という極めて冷静な配慮による演技だ。けれどお客はそれを嘘だとわかっていても、迫真のショーに興奮する。

しかし自分は、そういう「私としてありえない」ステージを一切やってこなかった。比較的女性客が多いし、男性客もライトな友達ノリで、書店員としての知り合いも少なくない。彼らがどん引きしないステージをやるのが、私の役目だと思っていた。しかし、だからこそ私は、それをやってのけるべきだったのではないか。向いていない、求められていない、と理屈をつけて逃げ続けたから、私は一定のラインにも満たずに燻《くすぶ》っているのではないか。私が隠し続けたそれは、私の屈託そのものであり、それを解放することが、ストリップなのではないだろうか。そこまでして初めて、自分にはできない、と思うから、心を動かされる。私のステージは回数を重ねるごとにそこからかけ離れ、次はどれだけエロを排除したステージを作ろうかと、楽することばかり考えていた。エロを肯定すべき踊り子が、エロを否定している。ストリップはエロではなく文化だ、芸術だ、と言われれば、いいや、エロだ！　と言い返したいはずの自分が。

売店でボコボコにされた翌日、左の頬がパンパンに腫れた。開演前に劇場の前の歯科に駆け込むと、すでに神経を抜いた歯の根がひどく膿《う》んでいて、抗生物質を処方された。それは強いストレスや疲れを感じたときの、いつものパターンだ。書店の仕事が忙しすぎて、心が壊れたときも、歯茎が膿んでボロボロと歯が抜けた。全てを捨てて逃げ出したかったが、必死に食らいついて今がある。歯こそ失ったが。

あの男に言われたことを笑い話にして、私を全面的に肯定する人に慰めて貰うという方法もあった。だが、その週にご一緒したI姐さんとM．K姐さんのステージをお勉強させてもらい、あのお客が言う、私にはないものがそこにあることを、認めざるを得なかった。

彼は私を傷付けて気持ちよくなりたいだけかもしれないが、その言葉の受け取りようで、ただ歯茎が腫れただけで終わるのか、大きく前進できるのかが違ってくる。どうして私のステージを観て拍手をした人が写真を買おうとしないのか。たびたび観に来てくれていた女性たちが、ひとりふたりと減っていくのは何故か。何より自分が苦しかった。できないことがあることに。オナニーベッドやセックスベッド、笑いと紙一重な、現代の女としては嫌悪すべき、噴飯物のエロ。全ての踊り子が黒髪ワンレンでお色気ムンムンである必要はない。私にしかない魅力だってきっとあるはずだ。しかしデビューから変えたことのない水色のカラコンも、白に近いほど脱色した髪も、写真を撮られるときの作らない顔も、全て自分からエロを遠ざけるためではなかったか。プライベートでブラジャーを着けないこと、メイクをしないこと、性別を隠すファッションも全て、私の屈託ではないのか。

その週の後半、私はお色気の結晶みたいな美しきM．K姐さんに、男受けするメイクと表情とポーズを教えてもらい、初日とは全く違う顔で、写真に収まっていた。次のオフには、髪を黒く染め、下着売り場でブラジャーのサイズをはかってもらおう。仕事のためとなれば、必死になれるのは私の良いところだ。

というわけで、連載を書籍化するにあたり、まとめのような文章を追加しようと思って開いたポメラで、これから始まるような文章を書いている。ちくしょう、まだ何も始まっていなかった。

心を解き放ち、もっと楽に生きたい。嫌だと思うことをなるべく少なくしたい。だいぶできるようになったが、結局最後に残ったそれが、特大であることはわかった。残された時間は少ない。私の年齢も、時代に取り残されつつある、ストリップという業界も。残りの人生に言い訳を与えないところまで、なんとか踊り子を続けていきたい所存である。

おわりに

ニューDミュージック最終日の午前中、松山市駅前のとんかつ屋で、とんかつパフェが出来上がるのを待っている。揚げて冷ますのに二十分、盛り付け時間を合わせると提供まで三十分以上はかかるのだ。先にセットのプチかつカレーが到着し、とてもプチとは思えない量を平らげたが、まだこうしてエッセイを書く時間がある。プチひれカツサンドでもプチかつ丼でもなく、プチかつカレーを選んだのには理由があった。A.M姐さんから「かつカレーを食べた日はお客さんがたくさん入る」という話を聞いたからだ。楽日はあっさり終わらせて荷造りに専念したい気持ちもあるが、やっぱりたくさんの拍手と「おつかれさま」の声を聞いて、気持ち良く終わりたい。実は昨日も、通りがかりの古いカレー屋で験担《げんかつ》ぎのかつカレーを食べた。そのせいか、円形のお盆を囲む座席はびっしりとお客で埋まり、その中に、いるはずのない人の顔を見つけたのである。小倉で出会った女性のお客さんだ。ストリップ劇場には、たまたま来た「一見さん」と、その劇場の常連さんと、踊り子を追いかけて遠方から来る「遠征さん」がいる。樹音姐さんがあわらに乗れば、東京や名古屋、北海道からもファンが駆け付けるのだ。

しかし踊り子としての私には、それほどの求心力がない。今はまだ、たまたま居合わせた人をそこそこ楽しませることで精一杯だ。昨年初乗りしたA級K倉劇場で、おすすめのランチ店をメモに書いて渡してくれた彼女が、ひとりでフェリーに乗って、初めて道後に足を運んでくれた。しかも誕生日という特別な日に。もちろんストリップは旅のきっかけのひとつだろうが、誰かが前向きに行動することの理由になったのなら、私は素直にうれしい。

私という人間が踊ったり書いたりすることが、全ての人にとって喜ばしいことではないだろう。なにしろ行動の全ては、全く以て自分のためである。お客を楽しませたいと必死になるのも、結局は自分の気持ちのためなのだ。踊り子を応援する人たちもまた、突き詰めれば自分のためではないだろうか。できればそうであってほしい。裸になってステージから見えたものは、客席に座る人たちだ。こちらに目を向けているということそのものが、私には素直な叫びに思えてならない。キラキラとした嘘ばかりの世界で、それだけが信じられる。なんとなく付けた「きれいな言葉より素直な叫び」というタイトルは、そういう意味だったのか、とようやく理解できたところで、とんかつパフェ、到着。

初出
「小説現代　Ｗｅｂ」第一話〜第八話
「小説現代」２０２０年3月号〜２０２１年12月号　第九話〜第二十八話
右記に掲載したものを加筆修正したものです。
第二十九話は書き下ろしになります。

新井 見枝香（あらい・みえか）

1980年東京都生まれ。書店員として文芸書の魅力を伝えるイベントや仕掛けを積極的に行い、独自に設立した文学賞「新井賞」は、同時に発表される芥川賞・直木賞より売れることもある。「新文化」「本がひらく」「ライターズマガジン」でエッセイ連載、「朝日新聞」で書評連載をしている。著書に『探してるものはそう遠くはないのかもしれない』『本屋の新井』『この世界は思ってたほどうまくいかないみたいだ』『胃が合う二人』（共著）。2020年からはストリップの踊り子として各地の舞台に立ち、三足のわらじを履く日々を送っている。

きれいな言葉《ことば》より素直《すなお》な叫《さけ》び

第一刷発行　二〇二三年一月一六日

著者――新《あら》井《い》見《み》枝《え》香《か》

発行者――鈴木章一

発行所――株式会社 講談社
〒一一二―八〇〇一
東京都文京区音羽二―一二―二一
出版　〇三―五三九五―三五〇五
販売　〇三―五三九五―五八一七
業務　〇三―五三九五―三六一五

本文データ制作――講談社デジタル製作

印刷所――株式会社ＫＰＳプロダクツ

製本所――株式会社 国宝社

定価はカバーに表示しています。
落丁本・乱丁本は購入書店名を明記のうえ、小社業務宛にお送りください。送料小社負担にてお取り替えいたします。なお、この本についてのお問い合わせは、文芸第二出版部宛にお願いいたします。

ISBN 978-4-06-529615-8　N.D.C.914 174p 19cm

HMV&BOOKS
HIBIYA
COTTAGE